Kim Lawrence
Cautivado por su inocencia

Editado por HARLEQUIN IBÉRICA, S.A.
Núñez de Balboa, 56
28001 Madrid

I.S.B.N.: 978-84-687-3593-1
Depósito legal: M-27157-2013
Editor responsable: Luis Pugni
Fotomecánica: M.T. Color & Diseño, S.L. Las Rozas (Madrid)
Impresión en Black print CPI (Barcelona)
Fecha impresion para Argentina: 2.6.14
Distribuidor exclusivo para España: LOGISTA
Distribuidor para México: CODIPLYRSA
Distribuidores para Argentina: interior, BERTRAN, S.A.C. Vélez
Sársfield, 1950. Cap. Fed./ Buenos Aires y Gran Buenos Aires,
VACCARO SÁNCHEZ y Cía, S.A.

Capítulo 1

SI FUERA cierto que la perfección se consigue con la práctica, la sonrisa de Anna habría transmitido la mezcla justa de seguridad y deferencia. Sin embargo, mientras exponía su opinión acerca de los cambios recientes que se habían llevado a cabo en el programa de educación primaria, su corazón latía con fuerza bajo la chaqueta de lana de color rosa que llevaba.

Anna trató de hablar con seguridad, alzó la barbilla e intentó relajarse. Al fin y al cabo, solo era un trabajo. ¿Solo un trabajo? ¿A quién pretendía engañar?

Aquel trabajo era importante para Anna, y se había percatado de ello cuando tuvo que elegir entre asistir a la entrevista para trabajar en una escuela local de renombre, que estaba a poca distancia de su casa, y donde sabía que tenía muchas posibilidades, o a la entrevista para conseguir una plaza en una escuela remota que se encontraba en la costa del noroeste de Escocia, un trabajo para el que nunca se habría presentado si no hubiese leído un artículo en la sala de espera del dentista.

En realidad, deseaba ese trabajo más de lo que había deseado nada en mucho tiempo.

—Por supuesto queremos que los jóvenes se conviertan en personas cultas pero la disciplina es importante, ¿no cree, señorita Henderson?

Anna asintió.

—Por supuesto —se dirigió a la mujer que le había hecho la pregunta antes de mirar al resto del comité—, pero creo que en un ambiente en el que los niños se sientan valorados y en el que se les ayude a desarrollar su potencial, la disciplina no suele ser un problema. Al menos, esa ha sido mi experiencia en el aula.

El hombre calvo que estaba sentado a su derecha miró el papel que tenía delante.

—¿Y únicamente tiene experiencia en colegios urbanos? —sonrió a sus compañeros del comité—. Usted no está acostumbrada a una comunidad rural como esta, ¿verdad?

Anna, que esperaba que le hicieran esa pregunta, se relajó y asintió. Sus amigos y familiares ya le habían hecho la misma observación, insinuando que en menos de un mes habría perdido las ganas de vivir en ese desierto cultural. Curiosamente, las personas que no le habían dado una opinión negativa habían sido aquellas que odiaban la idea más que nadie.

Si su tía Jane y su tío George, cuya única hija se había ido a vivir a Canadá, se hubieran echado las manos a la cabeza al oír que la sobrina a la que siempre habían tratado como a una hija también iba a marcharse, habría sido comprensible, pero no, la pareja la había apoyado como siempre.

—Es cierto, pero...

—Aquí pone que tiene buenos conocimientos de galés.

—Hace mucho que no lo practico pero viví en Harris hasta los ocho años. Mi padre era veterinario. Me mudé a Londres tras el fallecimiento de mis padres —Anna no recordaba el terrible accidente del que había salido ilesa. La gente decía que había sido un milagro, pero ella creía que los milagros eran algo mejor—. Vivir y trabajar en las Highlands será regresar a mis orígenes, algo que siempre he deseado hacer.

La convicción de que su vida, si no su corazón helado, pertenecía a las Highlands, había hecho que ignorara los consejos y presentara la solicitud para la plaza de profesora en la pequeña escuela de primaria de una zona aislada de la costa noroeste de Escocia.

A pesar de que se había separado de Mark, y que la boda había sido fallida, ¡no estaba huyendo!

Apretó los dientes, alzó la mandíbula y trató de no pensar en ello. Mark, el hombre al que ella nunca había conseguido convencer para ir de vacaciones a un lugar sin sol y arena, y mucho menos al norte del país, se habría desconcertado con su decisión, pero su desconcierto ya no era un factor a tener en cuenta. Ella era un ser libre y les deseaba, a él y a su modelo de ropa interior, toda la felicidad que merecían, y, si eso incluía que la mujer rubia y delgada ganara unos cuantos kilos de peso, ¡mucho mejor! A pesar de que Anna ya no estaba destrozada por la separación, seguía siendo humana.

Demostraría que podía hacerlo, pero primero tenía que conseguir el trabajo. Se concentró para mantener una actitud positiva, confiando en que fuera suficiente para convencer al comité de que le dieran una oportunidad.

—Muy bien, señorita Henderson, muchas gracias por haber venido. ¿Hay alguna cosa que quiera preguntarnos?

Anna, que tenía pensada una lista de preguntas prácticas e inteligentes para un momento como ese, negó con la cabeza.

—Entonces, si no le importa esperar en la sala de profesores un momento... Aunque creo que no soy el único que piensa que nos ha impresionado...

Anna se había puesto en pie, justo en el momento en el que alguien llamó a la puerta, provocando que el entrevistador dejara la frase incompleta. Ella tuvo que contenerse para no suspirar al ver al hombre que había entrado. Debía de tener unos treinta años, era alto, musculoso y tremendamente atractivo. Tenía una sonrisa sensual, largas pestañas y facciones marcadas. El cabello negro alborotado y los zapatos manchados de barro.

Anna no pudo oír lo que él le decía a los miembros del comité, pero sí percibió el aura de pura masculinidad que proyectaba. ¡Habría sido imposible no hacerlo!

La acusada sexualidad que desprendía aquel hombre se entremezclaba con un potente halo de autoridad. ¿Era posible que fuera el miembro del comité al que habían disculpado por su ausencia?

Si así era, Anna se alegraba de que hubiera llegado tarde, puesto que le costaba sostenerle la mirada sin sonrojarse. ¡Y lo peor de todo era que el ardor que la invadía no solo se manifestaba en sus mejillas!

La probabilidad de que hubiera podido aguantar toda la entrevista sin quedar en ridículo era escasa. Estaba inquieta, posiblemente debido al estrés acumulado por la entrevista y el largo viaje hasta el norte. Fuera lo que fuera, nunca había experimentado una reacción como aquella ante ningún hombre. Incluso sentía un cosquilleo en el cuero cabelludo.

Asombrada por su reacción, entrelazó los dedos y apretó las manos con fuerza para intentar controlarse. Él miró hacia otro lado por unos instantes y cuando volvió a mirarla, ella se estremeció.

Desde luego, la intención de aquella mirada no era cautivarla. Durante un instante, ella pensó que aquellos ojos de color de acero mostraban un destello de apreciación, pero enseguida se percató de que no era así y tuvo que esforzarse para recuperar la compostura cuando el presidente del comité hizo las presentaciones necesarias.

—Cesare, esta es la señorita Henderson, nuestra última candidata, aunque no por ello menos cualificada.

Anna puso una cálida sonrisa de aprobación.

—Hay té y galletas en el despacho. La señora Sinclair se ocupará de usted —el presidente se echó a un lado para permitir que Anna saliera de la sala y se volvió para hablar con el hombre alto de piel aceitunada y nombre de origen italiano—. La señorita Henderson se ausentará unos minutos mientras nosotros... Ah, señorita Henderson, este es Cesare Urquart. Él es el motivo por el que la escuela disfruta de la buena relación con los negocios locales que usted tanto alabó.

Anna estaba tan aturdida que ni siquiera recordaba el comentario que había hecho al respecto.

—Señor Urquart —contestó tratando de aparentar tranquilidad a pesar de que él la miró de forma penetrante.

—Anna también estaba impresionada por nuestro enfoque ecológico.

Anna tenía la mano en el picaporte de la puerta pero se detuvo al oír que decía:

—Gracias a la previsión y generosidad de Cesare, la escuela no solo produce suficiente electricidad para autoabastecerse sino que también vende el sobrante a la red. Hubo un momento en que se hablaba de tener que cerrar la escuela, igual que ha pasado con muchas otras, antes de que Cesare se interesara por ella de manera personal.

Se hizo una pausa y Anna supo que esperaban una respuesta. Asintió y dijo:

—Yo también tengo interés personal.

La mujer del comité habló en voz alta:

—¿Y cómo está la pequeña Jasmine? La hemos echado de menos, Killaran.

—Aburrida.

Al parecer, el señor Urquart, ¿o era Killaran?, era padre. Supuestamente, la niña iría acompañada de una madre que sería tan glamurosa como su padre. ¿Gente adinerada que se había ganado el corazón de los lugareños? A pesar de su cinismo, también contemplaba que sus motivos hubieran sido puramente altruistas. En cualquier caso, sabía que había muchas escuelas pequeñas al borde del cierre que habrían envidiado al pueblo su rico benefactor. Y era una lástima que lo necesitaran.

—Señorita Henderson —Cesare Urquart dio un paso hacia Anna y ella agarró el picaporte con fuerza—. Debo disculparme por mi retraso.

No parecía sincero, y su sonrisa no era muy convincente. Anna tenía la sensación de que no le caía bien a ese hombre. Contestó con una sonrisa forzada y, momentos después, él le preguntó:

—¿Le importa que le haga algunas preguntas personales? —«Como por ejemplo si ha destrozado algún matrimonio recientemente...».

Por supuesto, él sabía la respuesta. Las mujeres como ella no solían cambiar, e iban por la vida dejando una estela de destrucción.

—Por supuesto que no –mintió Anna mientras Cesare Urquart se quitaba el abrigo que llevaba.

Al ver que llevaba un elegante traje gris que realzaba su cuerpo musculoso, ella sintió un cosquilleo de deseo en el estómago y miró hacia otro lado, fijándose en que sus dedos estaban blancos a causa de la fuerza con la que agarraba el picaporte.

Tenía que recuperar el control. El ambiente había cambiado.

Cesare había entrado en la sala y, al ver a una bella mujer, se había sentido fuertemente atraído por ella. El sentimiento era tan intenso que ni siquiera disminuyó cuando, al reconocerla, la rabia lo invadió por dentro. Había estado a punto de enfrentarse a ella allí mismo, delante de todos los miembros del comité

Por desgracia, no había sido capaz de controlar la testosterona que provocaba un fuerte calor en su entrepierna. Pero, desde la adolescencia, había aprendido a controlar a sus hormonas, impidiendo que gobernaran su vida.

En su opinión, un hombre no podía controlar ninguna situación a menos que pudiera controlarse a sí mismo. Y a Cesare le gustaba mantener el control.

Tenía dos cosas claras: aquella mujer no tenía autoridad moral para ser profesora y, sin embargo, se había ganado la simpatía del comité.

Era cierto que, si la hubiese conocido por primera vez, quizá no habría adivinado que tras esa cara angelical se escondía una arpía de primera clase. Pero a pesar de saber lo que aquella mujer era capaz de hacer, debía hacer un esfuerzo para que no le afectara la intensa mirada de sus ojos azules.

No permitiría que la semilla de la duda germinara en su interior, y estaba seguro de que podría convencer a los otros miembros del comité de que bajo aquel vestido de bibliotecaria sexy, y detrás de aquella sonrisa, estaba la persona equivocada para el puesto de trabajo que ofrecían. Sin embargo, sería completamente imparcial y le daría la oportunidad de que ella misma lo demostrara.

Se sentó tras la larga mesa y se fijó en su cabello brillante. La última vez que la vio, lo que le llamó la atención no fue el color de su pelo sino lo que estaba haciendo: besar en público y de manera apasionada a su mejor amigo, un hombre casado.

A pesar de todo, Cesare recordaba que el color de su cabello era rojizo.

Paul siempre se había sentido atraído por las pelirrojas pero se había casado con una rubia y, a pesar de que aquella mujer había intentado destrozar su matrimonio, seguía casado con ella.

Cesare continuó observando el rostro de la mujer que había estado a punto de destrozar el matrimonio de su amigo y sintió que un fuerte deseo se apoderaba de él.

Sabía que su reacción era la respuesta primitiva de un hombre hacia una bella mujer. Paul no se había percatado de ello, pero es que su amigo siempre había sido un romántico y frecuentemente confundía el sexo con el amor.

La noche en cuestión, Paul lo había seguido fuera del restaurante, alcanzándolo justo cuando estaba a punto de meterse en el coche.

–No es lo que crees.

Cesare no contestó a su amigo. No era quién para dar la aprobación que su amigo Paul estaba buscando.

–No le dirás nada a Clare, ¿verdad? Está bien, lo siento, sé que no se lo contarías.

Cesare cerró la puerta de un golpe y se volvió hacia su amigo. ¿Cómo un hombre tan inteligente podía ser tan estúpido?

–Alguien se lo contará. No habéis sido nada discretos.

–Lo sé, lo sé, pero es el cumpleaños de Rosie y quería llevarla a un sitio agradable. Es una mujer increíble y muy bella...

Al parecer, a Paul no se le había ocurrido que a su amante le vendría bien que su mujer lo descubriera y lo obligara a tomar una elección. Ella debía de estar muy segura de sí misma.

Cesare se cruzó de brazos y se apoyó en el coche. Tuvo que contenerse para no agarrar a su amigo por el cuello y preguntarle a qué diablos estaba jugando, pero Paul decidió confesarse y contárselo todo. Cesare reconocía muy bien la situación que le había descrito su amigo.

La mujer no solo sabía lo que hacer dentro de un dormitorio sino que sabía cómo manipular a un hombre aprovechando sus puntos débiles. Había halagado a Paul, y así había conseguido despertar su instinto protector.

Cesare estaba seguro de que ella refinaría esa técnica con el paso de los años y de que, quizá, se convertiría en una experta como su madre, a la que había visto recorrer Europa dejando a su paso a una larga lista de hombres con el corazón roto.

–¿Qué habrías hecho tú si fueras yo?

El comentario enfadó a Cesare, puesto que no era capaz de imaginarse en una situación similar. Para empezar, no tenía intención de casarse nunca, aunque comprendía que algunos hombres estaban hechos para el matrimonio y que Paul era uno de ellos.

–Yo no soy tú. Creía que Clare y tú erais felices.

–Lo somos.

–¿Y la quieres?

–Quiero a las dos, claro que sí, pero Rosie es tan... Ella me necesita. Si rompiera con ella, se moriría. ¡Me ama!

Cesare reconocía que era fácil ser despreciativo cuando no se había experimentado la sensualidad que proyectaba aquella mujer. Su boca incitaba al pecado. Sus labios prometían momentos apasionados a todos aquellos afortunados que pudieran saborearlos. A medida que se apiadaba de su amigo, aumentaba su desprecio por la mujer que había empleado la sensualidad como arma.

–No la entretendré demasiado, señorita Henderson. ¿Le importaría sentarse de nuevo?

Puesto que no era una opción, Anna obedeció y se fijó en la mirada crítica y poco amistosa que seguía cada uno de sus movimientos.

–La señorita Henderson ha viajado en tren toda la noche. Debe de estar muy cansada –comentó el concejal local antes de tomar asiento.

–Nos está viendo en el mejor momento. El invierno aquí es muy largo.

De su comentario se deducía que él pensaba que ella se pondría a llorar en cuanto comenzara a nevar. ¡Y eso se lo decía un forastero!

–¿Ha vivido aquí mucho tiempo, señor Urquart?

Anna se percató de que los miembros del comité se miraban divertidos. ¿Por qué les parecía tan gracioso lo que había dicho?

–Toda mi vida.

La única mujer que había en el comité fue la que explicó la broma.

–Los Urquart de Killaran llevan muchísimo tiempo siendo generosos benefactores de la comunidad, y Cesare dedica un tiempo de su apretada agenda para ejercer como miembro del consejo escolar.

Anna se percató de que él esbozaba una sonrisa, pero no la miraba. Su voz era grave y dulce a la vez pero no tenía ningún acento escocés a pesar de que pertenecía a la familia Urquart de Killaran.

¿Y qué aspecto tendría con un *kilt*? Anna bajó la vista y se esforzó para no reírse al pensar en ello.

Suponiendo que consiguiera el trabajo, ¿eso significaba que tendría que trabajar con él?

La idea hizo que se le acelerara el corazón. Con suerte, toda su implicación en la escuela no era más que firmar los cheques.

Al ver que él volvía a dirigirse a ella, se esforzó para no estremecerse.

–Cuénteme, ¿cuánto tiempo lleva enseñando?

–Cinco, no, cuatro...

Su intensa mirada provocó que se sonrojara, una de las maldiciones de su condición de pelirroja.

–Cinco años y medio –contestó al fin.

Cesare Urquart apoyó los codos en la mesa y se inclinó hacia ella. La voracidad que ocultaba su sonrisa hizo que Anna se sintiera como Caperucita Roja. Aunque aquel hombre hacía que el lobo pareciera benévolo.

–Permita que le plantee una situación hipotética, señorita Henderson.

Anna sonrió y asintió. «Adelante», pensó.

Capítulo 2

EL ORGULLO provocó que Anna saliera de la sala con la espalda derecha y la cabeza bien alta, deteniéndose un instante para mostrar su agradecimiento a los miembros del comité. No estaba dispuesta a permitir que Cesare Urquart tuviera el placer de verla derrumbarse.

Cesare no evitó mirarla ni trató de ocultar su sonrisa condescendiente. La expresión de su rostro indicaba que estaba satisfecho con el trabajo que había hecho. Los otros miembros del comité permanecieron en silencio, sin mirarla, y quizá fuera mejor así porque, si le hubieran hecho algún comentario amable, se habría derrumbado.

–Le pediré un taxi.

Su oferta no denotaba amabilidad, así que Anna pudo mantener la compostura hasta que su mirada se cruzó con la de su acosador. Mantener la compostura sí, pero no ocultar el dolor que transmitía la mirada de sus ojos azules.

Él fue el primero en bajar la vista para apuntar algo en la hoja de papel que había sobre la mesa.

Ella sospechaba que había trazado una línea sobre su nombre.

¿Por qué lo había hecho?

¿Solo porque podía hacerlo?

¿Y por qué ella se lo había permitido?

Una vez en el pasillo, Anna sintió que el coraje la abandonaba y se derrumbó como si fuera una marioneta a la que le habían cortado los hilos. Empezaba a tener una fuerte migraña y se apoyó en la pared, sintiendo el frío de los baldosines a través de la tela de la blusa.

Se había dejado el abrigo en una silla de la sala, pero prefería agarrar una neumonía antes que entrar a por él.

Se fijó en el reloj que había colgado en la pared de enfrente y comprobó que solo habían pasado cinco minutos después de que hubiera estado a punto de conseguir el trabajo de sus sueños. Cesare Urquart había necesitado menos de cinco minutos para lograr que aparentara ser una estúpida incompetente.

¡Y ella se lo había permitido!

Con una mueca de disgusto, comenzó a avanzar por el pasillo. El taxi estaba esperándola fuera. Una vez dentro, comenzó a pensar en todas las respuestas posibles para las preguntas aparentemente inocentes que él le había hecho. Él la había guiado hacia el borde de un agujero, pero ella lo había saltado. ¡Y él lo había disfrutado!

Anna era una persona que creía firmemente que,

por lo general, la gente era buena y no quería pensar que él había disfrutado gracias a su nerviosismo. Pero era cierto.

Se miró las manos y vio que estaba temblando. En ese momento, tomó una decisión. Habían llegado a su hotel.

–¿Le importaría esperarme? – no se sentía segura para conducir de vuelta hasta Inverness con el coche de alquiler, y no le importaba cuánto podía cobrarle el taxista por el trayecto.

Después de contactar con la empresa de alquiler de vehículos y asegurarles que pagaría por los gastos de recogida del vehículo, Anna juntó sus cosas en menos de treinta segundos. Había reservado una habitación para dos noches en un hotel con vistas al puerto, pero el lugar había perdido su encanto, igual que las Highlands.

El recuerdo de un entorno seguro y familiar provocó que se sintiera nostálgica. Todos tenían razón. Mudarse allí había sido una idea malísima, y no porque no hubiera hombres, tal y como le había sugerido Rosie, sino porque estaba aquel hombre. Alguien en quien ni siquiera podía pensar sin desear romper algo. Su cabeza, por ejemplo.

Subió al taxi de nuevo, se abrochó el cinturón y cerró la puerta.

–A la estación de Inverness, por favor.

Anna ya estaba sentada en el tren cuando pidieron a los pasajeros que se bajaran de nuevo. Los trenes de la línea entre Inverness y Glasgow no podían circular debido a las fuertes lluvias.

–Dicen que el granizo es del tamaño de pelotas de golf.

A los pasajeros que pidieron el horario de autobuses les dijeron que los conductores tampoco querían arriesgarse y que no había servicio.

Anna solía tomarse las cosas con filosofía, pero ese día la invadía la rabia y la frustración.

¿Era posible que tuviera un día peor?

Por supuesto que sí. No paraban de sucederle cosas, y ese hombre no hacía más que aparecer. Dos veces no eran demasiadas, pero a ella le parecían muchas más.

Cesare Urquart estaba junto a un lujoso coche que indicaba que no provenía de un hogar tradicionalmente pobre. Anna estaba segura de que él se había convertido en un hombre tan desagradable a causa de tener dinero.

Lo que Cesare había hecho con ella era un abuso de poder. Para Anna era inexplicable que una persona pudiera disfrutar haciendo sufrir a otra.

Y tenía la sensación de que había sido algo personal. Si el hombre no hubiese sido un completo desconocido, habría pensado que la entrevista podía haber estado amañada. Quizá a él no le gustaran las mujeres pelirrojas quienes, en su opinión, tenían mala fama. Su personalidad no era más fuerte que la de los demás. De hecho, se consideraba una mujer tranquila.

Tal y como era apropiado, Cesare se había detenido para felicitar al candidato elegido después de que terminaran las entrevistas. Para él no había sido difícil tomar una decisión, sin embargo, el comité había tenido que debatir, y la decisión final no había sido unánime.

Cesare recordó la mirada dolida de aquellos ojos de color azul cobalto y trató de ignorarla. Estaba seguro de que ella llevaba toda la vida empleando la misma fórmula. La expresividad de sus ojos y su manera de pestañear para contener las lágrimas y mantener la compostura habían conseguido que él tuviera que apretar los dientes. Los miembros del comité que seguían defendiendo la primera elección se habrían disgustado menos si hubiesen sabido lo que él sabía acerca de la señorita Henderson.

—Así que te parece buena idea construir una oficina en el prado después de que derrumbemos el...

Cesare centró la atención en la conversación con su hermana.

—Bien... Bien...

Sus carcajadas provocaron que la gente los mirara.

—¿Qué pasa? —preguntó él, enfadado.

—No has escuchado ni una palabra de lo que he dicho.

Él la miró con impaciencia y abrió la puerta del pasajero.

—Sube al coche, ¿quieres?

Ella arqueó las cejas.

–Estás de mal humor, hermanito, pero no lo pagues conmigo –le advirtió.

–No estoy de mal humor –tenía las cosas claras en lo que se refería al bienestar de los niños.

Esa vez la risa de su hermana quedó ahogada por el anuncio que explicaba que debido a las inundaciones la línea de trenes con destino a Edimburgo estaba cortada. Malas noticias para los pasajeros que empezaban a vagar resignados por la estación.

–Afortunadamente, decidí tomar el tren anterior –comentó Angel.

Anna se estremeció bajo la fina chaqueta que llevaba. El nudo que tenía en la garganta apenas le dejaba respirar. Al verlo, el estruendo que retumbaba en su cabeza se hizo más fuerte. Estaba allí de pie, como si fuera el dueño del lugar, sin apartarse para dejar paso porque esperaba que otros lo hicieran. Estaba en medio y la gente tenía que disculparse por haberse chocado con él.

Y ella había hecho lo mismo, aunque en su caso, ¡además había permitido que la pisoteara! Había permanecido allí sentada escuchando lo que él le decía durante la entrevista. Si ella le hubiera dicho lo que pensaba de él no estaría sintiéndose...

–¡Ha sido patético! –exclamó en voz alta.

–¿Se encuentra bien, cariño?

Anna forzó una sonrisa y miró a la pareja de ancianos que se había acercado a ella.

–Sí, estoy bien... –mintió.

Se calló al ver que aquel hombre alto y odioso agarraba del codo a su bella acompañante.

Respiró hondo y cerró los ojos. Era su oportunidad para decirle lo que realmente pensaba de él. Miró a la pareja y asintió, recogió su bolsa y se adentró entre la multitud.

—Esperaba que trajeras a Jas. ¿Se encuentra bien?

Mientras su hermana miraba a su alrededor como si esperara que su hija se materializara, Cesare abrió la puerta del lado del pasajero.

—Está bien —la tranquilizó—. He venido directamente de hacer las entrevistas para el puesto de director.

—¿Había muchos candidatos? —Angel miró la carpeta que estaba abierta sobre el asiento del pasajero y miró el nombre que aparecía en la primera página—. Espero que más de uno.

—Más de uno —repuso el hermano. Le quitó el currículum vitae de las manos y lo tiró al asiento trasero.

Su hermana no hizo ademán de entrar en el coche. Estaba mirando a su hermano fijamente.

—Estás raro. ¿Estás seguro de que Jas está bien? ¿No ha pasado nada?

—Se podría disculpar a un hombre por pensar que no crees que es capaz de cuidar de una niña de cinco años —a pesar de su comentario, Cesare no se sentía ofendido. Era consciente de lo difícil que le resultaba a su hermana delegar la responsabilidad en lo que a su hija se refería, y sabía que él no servía como sustituto de la niñera habitual, que se había roto una pierna. Por suerte, tardaría en recuperarse menos tiempo del que su sobrina había estado confinada en la cama a causa del fuerte dolor de cadera que le provocaba la enfermedad de Perthes.

–Sé que Jas necesita mucha atención y que puede resultar agotador. ¿Qué tal ha ido la fisioterapia esta semana? ¿Ha colaborado? Espero que te acordaras de...

La voz de su hermana se desvaneció entre la multitud de viajeros que salían de la estación. Una mujer llamó su atención.

Tenía el cabello de color cobrizo y se dirigía hacia su hermano mirándolo fijamente con sus ojos azules, como si fuera un ángel vengativo.

Al verla, él esperó. No había provocado ese encuentro, pero tampoco pensaba evitarlo. A medida que ella se acercaba, notó que el molesto sentimiento de culpa que no había querido reconocer se disipaba.

La mujer que se aproximaba no parecía una gatita maltratada, sino más bien una mujer sexy que se movía con la gracia de un felino. La mujer que habría provocado el caos en la pequeña comunidad.

Al ver que ella se volvía para recolocarse la bolsa que llevaba en el hombro, apretó los dientes. No pudo evitar fijarse en su trasero firme y redondeado y, al instante, experimentó un fuerte calor en la entrepierna. Era la prueba de que aquella mujer representaba un peligro para los hombres. ¡Y en un par de meses podría haber encandilado a todos los casados de la zona!

—¿La conoces? —preguntó Angel, mirando a su hermano con curiosidad.

—Mantente al margen de todo esto, Angel.

Anna miró de arriba abajo a la mujer despampanante que acompañaba a Cesare Urquart y se fijó en su vestido, en los zapatos de tacón de aguja y en su cazadora de cuero de motorista. Una combinación atrevida que ella lucía con mucho estilo.

Anna enderezó los hombros, respiró hondo y señaló a Cesare de manera acusadora.

—¡Tú! —exclamó.

Él arqueó una ceja y ladeó la cabeza.

—¿Señora Henderson?

—Me has pisoteado, y me gustaría saber por qué.

—Es mala perdedora, señorita Henderson.

Ella alzó la barbilla y dijo orgullosa:

—Pero una profesora excelente.

Él frunció el ceño al ver que ella se abrazaba pero continuaba temblando.

—¿Por qué no llevas abrigo?

—Lo he perdido —contestó entre dientes y desconcertada—. ¿Por qué lo has hecho? —preguntó. Le resultaba imposible comprender cómo alguien era capaz de haber hecho algo parecido.

—Mi trabajo es asegurarme de que la escuela tenga el mejor director posible y, simplemente, tú no estás a la altura del trabajo —agarró el codo de la mujer morena—. Si me disculpas.

–¡No! –exclamó ella, y lo agarró del brazo.

Él la miró sorprendido y le sujetó la mano. Anna la retiró y la frotó contra su muslo para borrar la sensación de sus fuertes dedos.

–Hay algo más. Lo sé...

–¿Aparte de su incompetencia?

–Los demás pensaron que era competente. Y lo soy –comentó enfadada y se contuvo para no darle una bofetada–. Hasta que llegaste, el comité pensaba que era la persona adecuada para el trabajo.

–En el papel parecía la candidata adecuada.

El comentario hizo que Angel se fijara en la carpeta que su hermano había lanzado al asiento de atrás.

–¿Adecuada? –preguntó Anna.

Cesare apartó la mirada de sus labios sensuales.

–Estoy seguro de que está acostumbrada a sonreír para conseguir lo que quiere. Ser guapa no garantiza tener privilegios en la vida

Anna pestañeó. ¿Guapa? Esperaba encontrar sarcasmo en su mirada, pero solo vio rabia y algo más que no era capaz de definir pero que provocó que se le formara un nudo en el estómago.

No era una mujer guapa.

«Por un momento pensé que eras Rosie».

Anna había escuchado ese comentario montones de veces en su vida y por fin lo había comprendido. Su prima mayor, a la que admiraba y quería, era una mujer guapa.

La belleza era algo sutil. Ella se llamaba Rosanna, aunque prefería que la llamaran Anna. Tenía pecas, la boca demasiado grande y la nariz ligeramente torcida. No estaba mal, pero Rosemary era despampanante. Su prima podía haber disfrutado de cualquier hombre, sin embargo, se había enamorado del canalla que había estado a punto de arruinarle la vida.

—Si hay alguien que tenga privilegios... —soltó una carcajada—. ¿Sabes lo que creo? Creo que te gusta demostrar que eres importante porque no lo eres, en realidad eres un abusón —él la miró tan sorprendido que ella estuvo a punto de reírse—. ¿Cuál es tu entretenimiento? ¿Dar patadas a los perritos?

—No me parece un comentario apropiado, señorita Henderson.

No era un cachorrito, pero aquella mujer sexy y pelirroja tenía algo de felino.

—¿Podría dejar de llamarme así?

—¿Prefieres que te llame Rosie?

Ella pestañeó. Le resultaba extraño oír cómo aquel hombre la llamaba por el diminutivo con el que llamaban a su prima.

—Me llamo Rosanna. Y mis amigos me llaman Anna —tragó saliva. De pronto se sentía lejísimos de todos sus amigos.

—¿Ha oído alguna vez la frase Quien siembra, cosecha, señorita Henderson?

—Si fuera cierto, caería algo del cielo y ¡aplastaría su cabeza!

Una risa hizo que Anna se fijara en la mujer de cabello moreno, y vio que sonreía y levantaba los pulgares como signo de aprobación.

Cesare miró a su hermana y después a Anna otra vez.

—¿Le importaría bajar el tono de voz?

—¿Por qué? Supongo que no es un secreto que usted es un abusón.

—Podemos intercambiar algunos insultos, si es lo que desea. ¿Cómo llamaría a una mujer que intenta seducir a hombres casados?

Anna lo miró boquiabierta.

—¿Perdón?

—Paul Dane es un buen amigo mío.

Al oír el nombre, Anna palideció. De pronto, lo comprendió todo. ¡Aquel hombre creía que ella era Rosie!

—Ahora ya no tiene nada que decir.

Ella lo miró fijamente.

Así que Paul Dane y aquel hombre eran amigos.

—Un matrimonio contraído en el paraíso —murmuró ella.

—El matrimonio de Paul sigue siendo fuerte, a pesar de que sus esfuerzos por separarlos.

—¿Mis esfuerzos? —negó con la cabeza—. Perdone, ¿lo he comprendido bien? ¿Cree que su amigo Paul es una víctima? —Anna soltó una carcajada. Su prima había tardado mucho en recuperarse de la relación amorosa que había mantenido con el hombre casado que le había roto el corazón. Rosie, cuyo único pecado había sido ser confiada y seguir los deseos de su corazón.

Y también había sido muy valiente. Otra persona

se había quedado destrozada por lo que había sucedido, pero no Rosie. La admiración que Anna sentía por su prima estaba teñida de preocupación. Sí, Rosie había encontrado la felicidad, pero fácilmente podía haberse encontrado con otro hombre igual que Paul Dane.

Rosie se había arriesgado, pero solo la idea de seguir su ejemplo hacía que Anna se estremeciera horrorizada. Todavía tenía pesadillas acerca de la noche en que había encontrado a su prima junto a un frasco semivacío de pastillas y una botella de licor. Sin embargo, había sacado algo positivo de aquella experiencia, saber que nunca permitiría que su corazón gobernara su cabeza.

Miró a Cesare una vez más y resopló disgustada.

—Ha sido una pregunta estúpida, por supuesto que lo cree.

—Paul también tuvo parte de culpa —admitió él, mirándola con impaciencia.

—Por lo menos lo reconoce —ladeó la cabeza y lo miró con desdén—. Así es como yo sé la historia. Un hombre casado que seduce a una chica inexperta y diez años más joven, un hombre que le dice que la quiere y que va a abandonar a su esposa para irse con ella —demasiado furiosa como para considerar sus palabras, soltó una carcajada y continuó—. Sí, la chica sabía que lo que hacía no estaba bien —la imagen de Rosie agarrada al frasco de pastillas invadió su memoria—. Pero lo hizo de todas maneras. Miente a su familia y, cuando él la abandona y regresa con su esposa, ella cree que su vida no tiene sentido. No estoy segura de cómo llamaría a un hombre así, pero le aseguro que «víctima» no sería la palabra.

Al menos no le había contado toda la historia. Aun así, Anna se sentía culpable y traicionera. Le había prometido a Rosie que nunca contaría a nadie lo que sabía, y era una promesa que había mantenido hasta ese momento.

El único consuelo era que ese hombre pensaba que ella era la persona que había sido víctima de los actos de su amigo y, aunque odiaba que la consideraran como una víctima ingenua, prefería que la juzgara a ella antes de que despreciara a Rosie.

Que pensara lo que quisiera. Anna estaba dispuesta a defender a Rosie de sus burlas y acusaciones.

Cesare frunció el ceño. Aquella mujer había conseguido que él dudara brevemente acerca del hombre que le había salvado la vida. Era consciente de que, probablemente, ella había contado tantas veces aquella versión de lo sucedido que había llegado a creérselo. Resultaba más sencillo creer una mentira que admitir que había intentado seducir a un hombre casado.

Respecto a la fidelidad dentro del matrimonio, Cesare lo tenía muy claro. O se era fiel o no se debía haber pronunciado unos votos que no se podían mantener. Ese era el motivo por el que él no pensaba contraer matrimonio. ¿Amar a la misma mujer durante toda la vida? ¿O incluso durante un año?

Imposible. Y, si uno elegía la vía del matrimonio, descarriarse no era una opción. Era cierto que Paul no se había comportado bien pero, al menos, había recapacitado a tiempo para salvar el matrimonio. En el fondo, Paul era un buen hombre capaz de realizar actos desinteresados. Si no hubiese sido así, Cesare no estaría vivo, Paul le había salvado la vida de forma desinteresada.

—Sube al coche, Angel —le dijo a su acompañante antes de volverse para darle la espalda a Anna.

Furiosa, Anna dio un paso adelante y se acercó al borde de la acera. En ese momento, pasó un autobús y le manchó el traje al salpicarla con el agua de un charco.

—Ni siquiera ha disminuido la velocidad —se quejó ella, mirando su traje manchado.

Justo antes de meterse en el coche, Cesare Urquart volvió la cabeza. Sin decir nada, la miró de arriba abajo y sonrió. «¡Le odio!».

Capítulo 3

ANGEL alisó los papeles que había recogido del asiento trasero.

—¿Esa era la señorita Henderson? —le preguntó a su hermano—. Intuyo que no ha conseguido el trabajo. Una lástima. Quizá lo que necesitamos sea a alguien que se comporte como ella lo ha hecho contigo.

—Esto es un asunto privado, Angel —repuso el hermano.

Angel leyó una de las referencias adjuntas.

—Pone que es empática con los niños y que es... Cesare la interrumpió enfadado.

—Sí, lo sé, es perfecta.

Su hermana se quedó pensativa.

—¿Sabes?, creo que podría ser...

—Deja eso, Angel —le ordenó al ver que pasaba la página.

—Siento curiosidad —admitió—. ¿Quién es mejor que ella?

—Su currículum laboral es muy bueno.

—Quieres decir que es otra de las víctimas de Paul.

—¿Qué diablos quieres decir con «otra de las víctimas»?

—Sé que en lo que se refiere a ese hombre no eres imparcial. No me mires así. Quiero a Paul y es encantador, pero reconoce que es...

Sin avisar, Cesare detuvo el coche a un lado de la calzada.

—¿Intentas decirme que se te ha insinuado?

Al ver que su hermana soltaba una carcajada, suspiró y arrancó de nuevo.

Avanzaron en silencio unos instantes y Angel preguntó:

—¿Y si lo hubiera hecho?

—Lo mataría —contestó Cesare.

—Así que, ¿el hecho de que te haya salvado la vida lo autoriza a liarse con la señorita Henderson pero no con tu hermana?

—Cállate, Angel.

Ella miró a su hermano, sonrió, y continuó leyendo el currículum que describía a una persona con la que hasta los padres más paranoicos dejarían tranquilos a sus hijos.

—Hola, ¿Anna?

Anna, que estaba a punto de marcharse, se volvió y vio a la bella mujer de cabello moreno que había visto con Cesare Urquart en la puerta de la habitación del hotel en el que se había visto obligada a pasar la noche. Esa mañana, la mujer morena llevaba unos pantalones vaqueros metidos dentro de unas botas altas de tacón y una chaqueta de cuero con cuello de piel. Tenía el cabello largo y moreno, y lo llevaba recogido en una coleta. A su lado, Anna sentía que su aspecto era inadecuado.

—No creo que a su novio le guste que la vean hablando conmigo.

—No me importa mucho lo que opine Cesare.

Su hermano no había reaccionado bien ante el comentario que ella le había hecho durante el desayuno acerca de que la actitud que tenía hacia esa mujer estaba influenciada por su madre y que, aunque alguien salvara la vida de otra persona, no significaba que fuera un santo. Además, cuando ella le contó su maravillosa idea él le sugirió que había perdido la cabeza.

—Y no es mi novio, es mi hermano.

—¡Su hermano! —«¿todos los miembros de la familia serán así de atractivos?».

La exclamación de Anna provocó que la chica sonriera.

—Me gustaría decir que él tiene el atractivo y yo la inteligencia pero estaría mintiendo. Inteligente o no, a veces Cesare puede comportarse como un estúpido siendo completamente leal a sus amigos, incluso aunque ellos no... —se calló a mitad de frase como si hubiese decidido morderse la lengua—. Por supuesto, pedir perdón no es algo que le resulte sencillo.

Anna resopló. La idea de que aquel hombre

odioso quisiera disculparse era como una broma. Sabía que la hermana no tenía la culpa de nada, así que forzó una sonrisa, pero no pudo evitar comentar:

–Sobre todo cuando siempre tiene la razón.

–¡Uf! –exclamó la hermana–. Entonces, ¿va a regresar a Londres?

Anna miró el reloj. Habían informado de que solo debían viajar aquellas personas para las que fuera estrictamente necesario, ya que todavía había posibilidad de inundaciones. Además, debido a la situación, esperaban que los trenes salieran con retraso.

–No tengo muchos motivos para quedarme aquí.

–Imagino que tendrá planes para las vacaciones de verano.

El comentario provocó que Anna suspirara. Sus vacaciones de verano quizá se alargaran más de lo que a ella le habría gustado. Pero había trabajado como profesora suplente en alguna ocasión y podría volver a hacerlo.

–¿Hay algo en lo que pueda ayudarla, señorita Urquart?

–Me llamo Angel. Y sí lo hay. ¿A qué hora sale su tren? ¿Tiene tiempo para tomar un café? En la esquina hay un buen sitio.

Anna negó con la cabeza a pesar de que tenía tiempo de sobra.

–Lo siento –contestó.

–Probablemente te estés preguntando qué es lo que quiero.

–Siento curiosidad –admitió Anna.

–Tengo una hija –dijo, y le mostró que no llevaba anillo–. Y no, no estoy casada. Nunca lo he estado. Jasmine es una niña estupenda. Me encantaría poder pasar más tiempo con ella. Es difícil hacer equilibrios. Soy afortunada porque mi trabajo es bastante flexible. Normalmente no trabajo durante sus vacaciones y, por supuesto, aunque Cesare es estupendo, no puede estar todo el tiempo con ella. Es una víctima de su propio éxito –miró a Anna y soltó una carcajada–. No tienes ni idea de quién es, ¿verdad?

–Sé lo que es... Lo siento, sé que es tu hermano.

–Oh, no te contengas por mí. Cesare puede cuidar de sí mismo.

–Sé que vuestra familia es la propietaria del castillo y la finca. Supongo que eso lo convierte en alguien importante. Localmente, al menos.

–Sí, los Urquart han estado aquí siempre, pero la finca no es rentable. Pasarán años antes de que lo sea, a pesar del dinero que él ha invertido en ella durante los últimos cinco años. Mi padre, que en paz descanse, era muy reticente al cambio y mi madre, antes de marcharse, gastaba mucho dinero. Su divorcio salió muy caro. En cualquier caso, me estoy yendo por las ramas. No creo que te interese saber más acerca de mi familia.

Al contrario, Anna estaba escuchando atentamente todos los detalles.

–Deduzco que no eres seguidora de las carreras de Fórmula Uno.

–No es lo mío.

–Bueno, resulta que a él lo consideran famoso –acostumbrada a ver cómo las mujeres perseguían a su hermano, a Angel le sorprendía que aquella chica no tuviera ni idea de quién era él.

–Fue campeón durante dos años seguidos. Por supuesto, eso fue antes del accidente. Después se dedicó a la gestión del equipo Romero.

«¡Un accidente!». Anna siempre cambiaba de canal cuando oía alguna noticia relacionada con un accidente. La palabra la hizo estremecer.

–¿Y resultó...? –no terminó la frase. Posiblemente él había resultado herido pero, si tenía alguna cicatriz, Anna no se la había visto. Aunque tampoco lo conocía tan bien. Sin avisar, una imagen muy detallada se formó en su cabeza.

Se aclaró la garganta y dijo:

–¿Romero? –sí, había oído hablar del equipo italiano–. Entonces, ¿no vive aquí?

–El equipo tiene su base en Italia, pero, después de que mi padre muriera, Cesare tomó la decisión de venir a vivir aquí. Por supuesto, viaja muchísimo –puso una mueca–. Los dos lo hacemos. Una ironía teniendo en cuenta cómo lo odiábamos de pequeños. Mi madre se quedó con nuestra custodia después del divorcio –explicó–. Ella tiene lo que se llama un umbral muy bajo para el aburrimiento, así que no permanece mucho tiempo en el mismo sitio.

Miró a Anna y sonrió.

—Nosotros tampoco. Cuando Jas nació, decidí que tendría seguridad y un hogar estable.

Parecía evidente que su hermano y ella no habían disfrutado de ese tipo de infancia y Anna sintió lástima por ellos. Ella había quedado huérfana y tampoco había tenido una infancia perfecta pero, al menos, sus tíos la habían criado en un ambiente cálido y lleno de ternura, y la habían tratado tan bien como a su hija Rosie.

—Siempre me siento culpable cuando viajo por motivos de trabajo pero... —Angel negó con la cabeza—. Ahora desearía no haber aceptado este trabajo. Es un compromiso demasiado grande.

Anna había visto esa expresión de culpabilidad en muchas madres trabajadoras que intentaban hacer equilibrios para cuidar de sus hijos y, sin embargo, consiguió mantenerse distante. El hecho de mostrarse demasiado empática en el pasado había hecho que se aprovecharan de ella y no estaba dispuesta a que eso le sucediera otra vez.

—Cuando Jas se puso enferma dejé de trabajar tres meses. En mi profesión, la gente no tiene mucha memoria. Te consideran bueno o malo en función del último trabajo. Pensé que sería difícil... En cualquier caso, cuando me ofrecieron el papel en *Face of Floriel*, lo acepté. Entonces... —suspiró antes de continuar—. No pensar en las consecuencias es la historia de mi vida.

Anna experimentó algo parecido a la envidia. ¿Alguna vez había hecho algo sin pensar en las consecuencias? Quizá por su prudencia habitual, a todo el mundo le había resultado extraño que ella hubiese buscado un empleo fuera de la ciudad en la que había pasado casi toda la vida.

—Mira, ojalá pudiera ayudarte —Angel Urquart le caía bien y le habría gustado ayudarla.

—Puedes hacerlo. Quiero que la ayudes a ponerse al día en sus clases.

Anna negó con la cabeza.

—No puedo. Por supuesto siento mucho que tu hija haya estado enferma...

—Ha faltado durante todo el último trimestre.

—Estoy segura de que enseguida recuperará el ritmo. A esa edad es fácil.

De pronto, Anna lo comprendió todo.

—¡Ah! Eres esa modelo... Angel —era la mujer con el cuerpo perfecto que había hecho la campaña publicitaria de prendas de lencería y cuyos anuncios habían invadido los autobuses de Londres el año anterior.

—Ahora mismo soy la mamá de Jas y sé que esto funcionará. No tendrás que preocuparte por Cesare —añadió—. El castillo es muy grande. Jas y yo tenemos un apartamento en el ala oeste, así que tenemos independencia total. Por supuesto, él estará allí si lo necesitases.

—No lo necesitaré.

—¿Lo harás?

Anna abrió los ojos con asombro.

–No, quería decir... –tragó saliva–. ¿Tu hermano sabe que estás aquí?

–Se lo mencioné.

–¿Y no le preocupa que pudiera contagiarle algo a tu hija? –Anna no pudo ocultar la amargura en su tono de voz.

Angel colocó la mano sobre su hombro.

–Cesare es mi hermano y le debo mucho, pero yo soy la madre de Jas y soy quien toma las decisiones respecto a su bienestar.

–Pero, si trabajas, ¿no tienes una niñera?

–Sí, Jas tiene una niñera pero la pobre Jenny se cayó de la bicicleta y se rompió una pierna. Irá escayolada seis semanas más. Estaría dispuesta a continuar trabajando si se lo pidiera pero ni me lo planteo –suspiró–. Mira, olvídalo. Esto no es asunto tuyo. No debería haber venido, y créeme cuando te digo que no eres la única que está intimidada por mi hermano mayor –se abrochó la chaqueta y se retiró un mechón de pelo de la cara.

–No estoy intimidada por tu hermano.

–Por supuesto que no –la tranquilizó Angel.

–Haré lo que me pides.

Angel sonrió y empezó a sacar el teléfono móvil del bolsillo.

–¿Estás segura?

–Completamente.

Angel llamó por teléfono.

–Hola, Hamish. Sí. Trae a Jas –miró la bolsa que Anna tenía sobre la cama–. Estupendo, ya has recogido. Tienes pocas cosas pero no importa. Pararemos por el camino para comprar algo más. ¿Qué talla usas?

Anna pestañeó.

—¿Tu hija está aquí? ¿Pretendes que vaya ahora mismo?

—Anna, tengo que tomar un vuelo a medianoche y...

—Debías de estar muy segura de que iba a aceptar tu oferta.

La mujer se encogió de hombros.

—Soy optimista por naturaleza.

Anna la miró de arriba abajo. Antes de que pudiera contestar, se abrió la puerta y entró una niña de cabello oscuro. Jas Urquart sonreía con timidez mostrando el diente que le faltaba. Era completamente adorable.

Capítulo 4

ABÍA pasado antes por ese pasillo? Anna miró a su alrededor tratando de decidir si reconocía los tapices de la pared. Negó con la cabeza. No tenía ni idea de dónde estaba y debía haber prestado más atención. Sin embargo, había avanzado escuchando las historias que le contaba la pequeña Jasmine acerca del castillo y de su tío, quien para la niña era una especie de héroe.

Al pensar en él, Anna sintió un nudo en el estómago. Recordó su mirada de acero, su boca... Se cubrió la mejilla con la mano y respiró hondo para tratar de borrar la imagen que se había formado en su cabeza.

—¿Lo has hecho?

¿Cómo era posible que se hubiera cruzado con él en aquel lugar tan grande? ¿Acaso lo había conjurado con la imaginación?

—Creía que habíamos acordado... —se dirigía hacia ella discutiendo con Angel de manera furiosa.

Anna reaccionó deprisa y se ocultó entre las sombras con el corazón acelerado.

Angel respondió a su hermano sin parecer intimidada.

–Tú hablaste, yo te escuché, y después le pedí a Anna Henderson que se quedara hasta que empiece el curso. Ella puede ayudar a Jas a recuperar las lecciones que se ha perdido y cuidar de ella mientras yo estoy fuera.

–Tiene que haber una alternativa. Hablaré con la agencia.

–Claro, y te enviarán a una chica que pasará más tiempo coqueteando contigo que ocupándose de Jas. No es culpa tuya que seas tan atractivo, querido hermano, pero Anna es perfecta. No le caes bien.

–Esa mujer...

–Mira Cesare, antes de que empieces... Tú tienes un problema con Anna. Yo no. Sé que consideras que Paul no puede hacer nada malo y me parece bien, puedes estar en deuda con él para siempre si quieres, pero es humano, y los humanos cometen errores. Mírame a mí.

–Esa mujer no tiene nada que ver contigo.

–No. Ella no se quedó embarazada. Es absurdo pensar que todo fue culpa suya. ¿Quieres saber lo que pienso?

–No.

–Muy bien. Tengo que estar fuera todo el mes. No es lo ideal, lo sé, pero no hay nada que pueda hacer al respecto, y con Anna...

–No tienes por qué trabajar.

–Y tú no tienes que ser un seductor en serie, y lo eres. Lo siento, pero no voy a aprovecharme de mi hermano mayor.

–No es cuestión de aprovecharse.

Anna notó la irritación en su voz y puso una mueca. Aquel hombre tenía la sensibilidad de un ladrillo. Debería admirar a su hermana por querer ser independiente y no lo contrario.

–Se trata de Jasmine, no de tu orgullo.

–No intentes chantajearme emocionalmente. Esto no tiene que ver conmigo ¿verdad? Esa mujer te afecta demasiado ¿no es eso? Tienes razón, se trata de lo que es mejor para Jas. Lo siento si no te gusta, pero ella va a quedarse y, por el amor de Dios, sé amable con ella.

Cesare murmuró algo que Anna no comprendió. ¡No debería estar escuchando! Experimentó cierto sentimiento de culpa y supo que lo correcto sería salir de su escondite. «Eres una cobarde, Anna Henderson», se criticó en silencio y permaneció donde estaba.

–Vas a tener que aguantarte, hermanito.

Durante unos instantes discutieron en italiano y, después, Anna oyó la risa de Angel y el sonido de sus zapatos de tacón alejándose. Otros pasos más fuertes se oían cada vez más cerca.

Anna debía elegir entre permanecer oculta entre las sombras y confiar en que no la viera o salir a la luz.

¿Era cierto que Anna lo tenía obnubilado? Cesare frunció el ceño pensativo. Sí, la pelirroja lo había cautivado.

La imagen de sus labios sensuales y sus luminosos ojos azules invadió su cabeza. Apretó los dientes y trató de no pensar en ella, pero no le resultó sencillo. Para ser un hombre que tenía mucho autocontrol, aquello era irritante. Apenas se había encontrado con esa mujer veinticuatro horas antes y desde entonces no había dejado de pensar en ella. Anna iba a vivir bajo su mismo techo, así que debía mantener su libido y su imaginación bajo control.

Reconocía que lo más irritante de la situación era que su hermana lo había argumentado tan bien que incluso había hecho que la mujer pareciera una víctima. ¿Y respecto a la insinuación de que él tenía prejuicios contra ella? Quizá estuviera obligado a aceptar la situación, pero no iba a aceptar esa opinión, aunque comprendía por qué su hermana la mantenía. Desde su punto de vista, aquella era la solución ideal para su problema. Ideal para Angel pero no para él, ya que tendría que tratar con una mujer a la que despreciaba y deseaba con la misma intensidad.

Y no habría tenido que reconocerlo si ella se hubiera marchado, pero no lo había hecho, y fingir que una situación no existía no servía de nada. No tenía más remedio que enfrentarse al problema y buscar una solución.

Quizá Angel confiara en ella para cuidar de Jasmine, pero Cesare creía que la señorita Henderson se pasaría de la raya en menos de dos semanas y sería él quien estaría allí.

Anna respiró hondo y se colocó delante de Cesare.

–Lo siento, no debería estar aquí, pero es que me confundí en la tercera escalera –su risa temblorosa contrastaba con el frío silencio.

Cesare se sorprendió al ver que la mujer a la que había estado maldiciendo mentalmente aparecía entre las sombras. Contra la pared de piedra su rostro ovalado parecía más pálido. Llevaba el cabello suelto y alborotado, y sus mechones ondulados caían sobre su espalda. Los pantalones vaqueros que llevaba se ceñían a la curva de sus caderas, y el top de rayas azules que llevaba sujeto con un cinturón resaltaba el color cobalto de sus ojos.

Mientras él trataba de interpretar su mirada, experimentó un fuerte calor en la entrepierna y sintió lástima por su amigo, que había sido incapaz de resistirse al atractivo de su boca sensual. Mezclado con el sentimiento de lástima, había otro sentimiento que, sospechosamente, se parecía demasiado a la envidia.

Anna atribuyó al vértigo la desagradable sensación de mareo que provocó que se agarrara a la barandilla de la balconada con vistas al enorme recibidor.

Se humedeció los labios y trató de disimular el hecho de que había estado escuchando.

–No tengo muy claro dónde debía estar.

«En mi cama».

Por un momento, Cesare estuvo a punto de verbalizar su pensamiento. Tragó saliva e intentó controlar el deseo que lo invadía por dentro.

Las debilidades lo enfurecían.

–¿Dónde quieres estar? –preguntó.

«En cualquier sitio menos aquí», pensó preguntándose cómo había sido capaz de aceptar ese trabajo. Debía de haber regresado a casa y buscar otro empleo. Y, en cuanto a vivir bajo el mismo techo que un hombre que la despreciaba tanto como ella a él, ¿en qué estaba pensando?

Se fijó en las facciones de su rostro. Quizá lo odiara, pero eso no lo convertía en menos atractivo. «¡Maldita sea!», pensó.

Anna sabía que debía recuperar la compostura.

Si huía con el rabo entre las piernas, haría lo que él quería que hiciera, y lo que ella deseaba hacer, pero ese no era el objetivo.

¿Y cuál era el objetivo?

Deseaba ayudar a Angel y ¿por qué aquella madre soltera no podía intentar hacer un buen trabajo por culpa de su hermano? Anna se quedaría allí y, al final, Cesare tendría que admitir que la había subestimado.

Lo miró a los ojos y dijo:

–Intentaba encontrar la puerta por la que entré.

Él arqueó una ceja y la miró de manera hostil.

–¿Ya te marchas?

«No te hagas ilusiones», pensó ella.

–Cuando me comprometo con algo lo llevo a cabo.

–Es admirable, siempre y cuando ese algo no sea el marido de otra mujer. Imagino que has aceptado este trabajo como venganza para molestarme.

–No, no es ese el motivo, pero es un aliciente más –admitió ella–. Siento decirte esto, pero no todo gira a tu alrededor –se mordió el labio y se arrepintió de sus palabras, no por la expresión de rabia que había en su mirada sino porque no tenía sentido provocarlo mientras ella estuviera allí.

–He aceptado este trabajo porque...

Buena pregunta.

¿Por qué había aceptado ese trabajo?

–¿Cómo iba a perderme la oportunidad de verte cada día y disfrutar de una de nuestras maravillosas discusiones?

De pronto se acordó de Rosie, meses después de finalizar su aventura amorosa, describiendo cómo deseaba escuchar la voz de su amado o verlo un instante a pesar de todo lo que le había hecho. Inquieta por la conexión mental que había hecho y preguntándose si entre todo el sarcasmo que había en sus palabras no habría ni una pizca de verdad, Anna estuvo a punto de dejarse llevar por el pánico...

Respiró hondo para tranquilizarse. No era ese tipo de mujer, y, si algún día deseaba a un hombre, ¡no sería a aquel!

Lo odiaba. Él era el tipo de hombre del que ella

había prometido mantenerse alejada, el tipo de hombre con el que uno podía obsesionarse.

Con aplomo, se enfrentó a su mirada de acero. Y, de golpe, todo su aplomo se desvaneció. Anna tragó saliva y dio un paso hacia atrás.

—Tendrás muchas oportunidades para verme —dijo él, percatándose de que su rostro mostraba cierta expresión de pánico. Para ser una mujer que supuestamente tenía experiencia mintiendo y engañando, no se le daba muy bien ocultar sus sentimientos.

—Yo... Yo... Pensaba que viajabas a menudo.

Él la miró con ironía.

—Soy mi propio jefe.

—Me alegro por ti. ¡A mí me encantaría tener un trabajo fijo!

—¿Se supone que debo sentirme culpable por que estés desempleada? Si dejaste el trabajo antes de tener otro, debías de estar muy segura de tus posibilidades, ¿o es que te fuiste antes de que te echaran?

—Estoy segura de que soy buena en lo que hago —contestó ella con dignidad—. Y, si te hubieras molestado en leer mi currículum, sabrías que la escuela en la que trabajaba ha cerrado.

Él la miró a los ojos. Ya sabía todo lo que necesitaba saber sobre esa mujer sin leer su currículum.

—¿Y la situación laboral es tan mala que te viste obligada a trasladarte a la otra punta del país?

—¿Estás diciendo que solo busca trabajo la gente que ha sido rechazada en algún empleo?

—Estoy diciendo que una mujer como tú no duraría ni diez minutos aquí antes de aburrirse, y que los niños merecen continuidad.

Ella alzó la barbilla y contestó:

—Señor Urquart, no sabe nada de las mujeres como yo.

Él soltó una carcajada.

—Te sorprenderías.

Anna levantó las manos irritada.

—No importa lo que yo diga, ¿verdad? Nunca me escucharás porque ya te has formado una opinión sobre mí.

—Mi opinión personal no tiene nada que ver con todo esto.

—Afortunado tú —repuso Anna con tono de mofa.

—Mi hermana es su propia jefa.

Deseando que su blusa fuera más gruesa, Anna se cruzó de brazos para disimular la reacción física que había tenido su cuerpo ante el magnetismo animal que se escondía tras la aparente indiferencia que mostraba aquel hombre.

¿Cómo era posible odiar a un hombre y seguir siendo una víctima de su potente atractivo?

—Hablas como si fuera algo malo —suspiró—. Aunque supongo que para ti lo es.

Era evidente que él no era el tipo de hombre que consideraba como algo positivo el hecho de que una mujer tuviera opinión propia. Era fácil imaginar cuál era el tipo de mujer que le gustaba, aquellas que actuaban como si cada palabra suya fuera oro puro, solo porque era un hombre rico y famoso.

Bueno, y probablemente también por otros motivos. Tenía que admitir que, aunque Cesare Urquart no fuera rico, muchas mujeres pasarían por alto sus fallos con tal de disfrutar de su cuerpo musculoso y tremendamente masculino.

Anna respiró hondo y lo miró de nuevo a los ojos tratando de recordar que ella no era una de esas mujeres. Ella prefería a los hombres tranquilos y centrados. Hombres como su ex, Mark.

¡Y no era que su relación hubiese sido maravillosa!

Anna reconocía que había cometido un error, pero al menos no se había quedado embarazada sin querer ni había llegado a un intento de suicidio. Opinaba que era mucho mejor que la abandonara un hombre al que no amaba que uno sin el que no pudiera vivir.

Cerró los ojos con fuerza. Nunca se permitiría ser víctima de algo como lo que había vivido Rosie, ¡nunca permitiría que un hombre le hiciera eso!

—Parece que mi hermana confía en ti.

Anna abrió los ojos y posó la mirada sobre sus labios sensuales. Al instante, sintió un nudo en el estómago.

—Si no cumples con sus expectativas, te arrepentirás —dijo él.

—¿Eso es una amenaza, Cesare Urquart? —preguntó ella al cabo de unos instantes.

Él arqueó las cejas.

—Es un hecho, Anna Henderson —contestó él.

Anna alzó la barbilla y entornó sus ojos azules. Él le sostuvo la mirada un instante y después se fijó en la base de su cuello y el comienzo de su escote, imaginando cómo sería besarla en ese lugar mientras cubría con su mano la provocativa curva de sus senos. Respiró hondo y contestó:

–No tolero que mis empleados sean incompetentes.

–No soy tu empleada –contestó Anna–. Ahora, si me indicas el camino, podré sacar las cosas del coche y empezar mi trabajo.

–Estás en mi casa. Y yo pongo las reglas –dijo él con tono helador.

Pasó a su lado y se marchó. Anna permaneció inmóvil unos minutos porque no se atrevía a caminar con sus piernas temblorosas. Siempre había pensado que los hombres autoritarios escondían inseguridades, y se había mostrado despreciativa con las mujeres que se prendaban de ellos.

¡Si Cesare tenía alguna inseguridad, la disimulaba demasiado bien!

Capítulo 5

DURANTE su segundo día en Killaran, después de dejar a Jas en casa de su amiga Samantha, Anna se dedicó a explorar una zona de la costa que a Jasmine le habría resultado difícil recorrer, aunque a veces era complicado convencer a la pequeña de que tenía ciertas limitaciones.

Cuando regresó a la casa, Anna se sentía mucho más relajada y de buen humor. Además, se alegraba de que ese día Cesare no aparecería en el momento más inesperado. El día anterior había tenido la sensación de estar vigilada y allá donde iba se encontraba con él. Así que, cuando la señora Mack, que trabajaba como ama de llaves, le contó que los lunes por la mañana Cesare se marchaba a Roma y que regresaba a mitad de semana, Anna sintió ganas de besarla.

Pasar unos días a la semana sin él haría que la situación fuera más soportable. No esperaba que él se retractara, pero pensaba que aceptaría la situación y que permitiría que realizara el trabajo, contentándose con mirarla con el ceño fruncido cuando se cruzaran ocasionalmente. Pero, a juzgar por lo que había sucedido el día anterior, se había equivocado, aquello no terminaría pronto.

Y ella no podía hacer nada al respecto. Jas era la sobrina de Cesare y ella no podía impedir que la viera. Además, la niña lo adoraba.

Pero no permitiría que él la machacara, Anna tenía claro que para Cesare Urquart las cosas tenían que ser a su manera. Él tenía que estar al mando y mostrar su fortaleza. «Conmigo no será así», pensó ella.

Sabía que él estaba buscando una excusa para deshacerse de ella, y no estaba dispuesta a dársela. Tratando de no pensar en el propietario del castillo, miró el reloj y vio que faltaba una hora para ir a recoger a Jas.

Recordó que se había descargado un libro para leer durante el viaje, y decidió entrar en el castillo por la puerta lateral. El lugar era un auténtico laberinto, pero ya sabía que la ruta más directa hasta su apartamento era entrando por la puerta principal y atravesando un pasillo interior.

Si hubiese tenido la oportunidad de encontrarse con el hombre que se había nombrado a sí mismo su juez y su verdugo, nunca habría elegido esa ruta, pero ese día estaría a salvo.

A ambos lados del pasillo había docenas de puertas, y las paredes estaban llenas de carteles políticos antiguos. Una de las habitaciones tenía la puerta abierta, y Anna no pudo evitar fijarse en las estanterías llenas de libros y en el fuego de la chimenea reflejado en un espejo enorme. Aunque opinaba que leer en la tableta tenía muchas ventajas, no le parecía lo mismo que un libro de verdad.

Asomó la cabeza por la puerta y se decidió a entrar. Respiró hondo y suspiró:

—¡Es posible que esté loca pero me encanta el olor de los libros!

—Hay olores peores —como el aroma que desprendía su cuerpo, y que él había percibido cuando ella estaba en el pasillo.

Anna volvió la cabeza y vio que Cesare se levantaba de una silla que estaba frente a la ventana. Tragó saliva y sintió un nudo en el estómago.

—No estás aquí.

Él arqueó las cejas y la miró de forma irónica.

—Quiero decir, pensaba que estabas de viaje, si no, no habría...

—Te pillé.

—Lo siento si he entrado donde no debía pero esta sala es maravillosa —dijo ella.

—Estoy de acuerdo.

La miró fijamente en silencio y ella no pudo evitar imaginar escenas salvajes con aquel hombre. Era fácil pensar en su musculatura fuerte y en su piel suave.

Anna pestañeó para tratar de borrar las imágenes eróticas que invadían su cabeza.

—Es aquí donde trabajo cuando estoy en casa —no había estado trabajando. La tensión que sentía hacía que le resultara imposible concentrarse.

–Lo siento si te he molestado –dijo, y al ver que sonaba poco convincente, añadió–. De veras.

Se fijó en que apretaba los dientes y se preguntó por qué se habría empeñado en hacer las cosas bien si su disculpa solo había servido para conseguir que pareciera todavía más enfadado. Si no lo hubiera visto comportarse de otro modo con su sobrina, habría pensado que era su actitud habitual. El hombre que había visto Jas no se parecía en nada a aquel monstruo despreciativo y autocrático.

Ella dio un paso hacia la puerta.

–Te dejaré tranquilo.

Cesare se secó la boca con el dorso de la mano. Un par de segundos más y se convencería de que solo con besarla tendría suficiente, el siguiente paso sería decidir que podría acostarse con ella sin consecuencias. No estaba seguro de por qué la deseaba tanto, pero sabía que no se quedaría tranquilo hasta que sacara a aquella mujer de su casa, de su vida y de su cabeza.

Y le habría resultado más fácil si Jas no se hubiera llevado tan bien con Anna Henderson.

Incapaz de contenerse, posó la mirada sobre sus labios. Una vez más, los imaginó hinchados por los besos. Irritado por su falta de control, trató de no pensar en ello.

–¿Dónde está mi sobrina?

Anna se volvió desde la puerta.

–Está jugando en casa de una amiga –se retiró un mechón de pelo de la mejilla, molesta por el tono defensivo que había empleado.

–¿Así que en cuanto tienes la primera oportunidad le cedes tu responsabilidad a otra persona?

Al oír sus palabras, Anna apretó los dientes y lo miró con frustración. Aquello era ridículo.

–Jas está jugando con una amiga. No la he encerrado en su habitación para irme de compras ni nada peor –negó con la cabeza y se dirigió hacia él enfadada.

Se colocó frente a Cesare con las manos sobre las caderas, alzó la barbilla y le preguntó:

–En cualquier caso, ¿por qué estás aquí hoy? ¿Es posible que quisieras quedarte para acosarme un poco más?

–¿Acosarte?

Su tono la hizo estremecer. Debía terminar con aquella conversación y salir de allí cuanto antes.

«Siempre has de terminar lo que empezaste», pensó.

Aquello solo podía terminar de una manera. La tensión sexual que había entre ambos era potente.

–No acoso a las mujeres.

–Sabes a lo que me refiero –dijo ella, tratando de escapar de su turbia mirada.

–Aunque algunas me han acosado a mí.

–Me alegro por ti –mintió–. Ya te has asegurado de que no consiga el trabajo. ¿No te parece suficiente? ¿O es que tienes que continuar con esta persecución? –tartamudeó.

–Te dije cómo sería la situación, así que no te enfades.

–¡Lo sé! Tu casa, tus reglas. Lo comprendo y sé que estás esperando a que meta la pata, pero lo que no sé es qué piensas que voy a hacer. ¿Invitar a los hombres casados de los alrededores y montar una orgía en el jardín con Jasmine de observadora?

Cesare masculló algo en italiano y ella se calló de golpe. Lo miró y se mordió el labio inferior. No tenía que haber mordido el anzuelo.

Él la miró fijamente y ella no fue capaz de adivinar lo que estaba pensando, pero las tensas facciones de su rostro indicaban que estaba muy enfadado.

–No es muy agradable sentir que me vigilan como si estuviera siendo juzgada –murmuró.

–Si no te gusta, hay una solución... Haz las maletas y márchate.

–¡Cielos! ¿Esto es un ejemplo de la famosa hospitalidad de las Highlands o de la calidez italiana?

Observó que él apretaba los labios para no responder y que adoptaba una actitud de superioridad que hizo que Anna perdiera los nervios y soltara lo primero que se le pasó por la cabeza.

–¿Cuál es tu problema? ¿Te doy miedo o algo así?

Él echó la cabeza hacia atrás y no dijo nada. Estiró la mano y le acarició la mejilla con un dedo. Ella cerró los ojos y no pudo evitar volver el rostro hacia la palma de su mano como si fuera una flor en busca de la luz solar. Una ola de calor la invadió por dentro.

Entonces, justo cuando comenzaron a flaquearle las piernas, él la apartó.

Anna dio un paso atrás. Él se retiró de su lado y ella se estremeció.

–¿Qué tratabas de demostrar con eso?

Con la mano temblorosa, él se frotó la barbilla. ¿Demostrar? ¿De veras pensaba que lo había hecho de manera intencionada? El problema era que no podía evitar reaccionar así ante Anna, y ella actuaba como si no se diera cuenta.

La idea de que él estuviera comportándose como aquellos pobres perdedores que había visto durante su infancia no le gustaba. Hombres inteligentes que habían quedado como estúpidos gracias a su madre. Ella nunca había sido cruel de forma intencionada, solo perseguía aquello que le gustaba.

«Lo que el corazón desee, Cesare...».

Era como si la oyera, encogiéndose de hombros ante cualquier indicio de crítica.

–Lo que el corazón desee, Cesare...

A su madre siempre le habían atraído los hombres casados. Sin embargo, cuando rompía la relación con ellos nunca quedaba afectada. No se podía decir lo mismo de los hombres que se enamoraban de ella. Cesare siempre se había preguntado si habría cambiado de actitud en el caso de que en alguna ocasión la hubieran abandonado a ella después de pensar que estaba en el paraíso.

Nunca sucedió.

Y con esa mujer pasaba lo mismo. Pero ella no era una víctima. No como su amigo Paul que había estado a punto de abandonar a su esposa por ella.

Pero él no estaba casado. Era un ser libre y su corazón no estaba comprometido con nadie. Podía ser el tipo de hombre que algún día le diera a esa bruja provocadora un poco de su propia medicina. Un hombre que no corría el peligro de quedarse atrapado por el tono sexy de su voz o por la mirada dolida de sus grandes ojos azules.

Quería mantenerse alejado de ella. Apartarla de su vida.

En esos momentos, ella lo miraba enfadada.

—Sé que crees que soy una especie de destrozamatrimonios, pero no... —se calló un momento. «¿Qué estoy haciendo? No me importa lo que piense sobre mí. Y no le debo ninguna explicación. Mejor que piense que la zorra soy yo y no Rosie, que ni siquiera está aquí para defenderse»—. No estoy tan desesperada.

—¿Desesperada?

—Bueno, la única persona con la que podría ser mala eres tú —soltó una carcajada y esperó, pero él no se inmutó.

No habría interpretado sus palabras como una proposición, ¿no?

—Y te prometo que eso no va a suceder.

Cesare le dedicó una sonrisa depredadora. Ella sintió un revoloteo en el estómago y trató de actuar como si no pasara nada.

—¿Porque me encuentras físicamente repulsivo? —sugirió él, con la seguridad de un hombre al que nunca habían contrariado en su vida.

En ese momento, ella lo odiaba de verdad.

—El físico no lo es todo.

Él se rio y Anna, la persona más pacífica del mundo, quería asesinarlo.

—¡Por supuesto que no! Una mujer sensata como tú nunca saldría con un hombre que no tuviera dinero para mimarla con pequeños lujos de la vida.

Él arqueó una ceja y ella se sonrojó. ¡Parecía una virgen enfadada! ¿Quizá eso fuera parte de su encanto?

Cesare puso una mueca de disgusto. Algunos hombres encontraban excitantes a las mujeres inexpertas, pero él no era uno de ellos. Cesare se sentía atraído por mujeres abiertas de mente y que tuvieran tanta experiencia como él en el tema sexual. Había muchas mujeres así.

El error con Anna Henderson era dejarse llevar por las apariencias. Esa mujer tenía tanta experiencia sexual como cualquiera de sus compañeras, a pesar de que tratara de disimularlo. A Cesare le gustaban las personas directas y sinceras, y su falsedad lo enfadaba. Pero su enfado no evitó que deseara arrancarle la ropa mientras la besaba de manera apasionada y sabía que, en el momento en que la tocara, no habría vuelta atrás.

—Estoy segura de que te lo habrán dicho cientos de veces, pero tu modestia es una de las cosas más encantadoras de ti —comentó Anna—. Odio tener que decírtelo, pero creo que puedo tener algo mejor que un ex piloto de carreras con tendencia megalómana.

No estás mal, pero no eres tan irresistible como crees.

Cesare arqueó las cejas y la miró un instante. Después se fijó en sus labios y sintió un fuerte calor en la entrepierna. Se acercó a ella, la agarró por la cintura y la estrechó contra su cuerpo antes de inclinar la cabeza y besarla en la boca con decisión.

De pronto, el calor se convirtió en fuego.

No era un beso delicado, sino exigente. Con el que trataba de ejercer el control. Antes de cerrar los ojos, Anna se percató de que el brillo de los ojos de Cesare era tan intenso que sintió que se derretía por dentro.

Ella trató de sobreponerse. Cesare besaba muy bien. ¿Y qué? Era de esperar. Solo un beso, pero su aroma masculino y el calor de su cuerpo se habían apoderado de ella, así como la sensación de su miembro erecto presionado contra su pelvis. Tras la sorpresa inicial, ella se movió contra él para incrementar la erótica fricción. Le rodeó el cuello y abrió la boca para recibir la invasión de su lengua.

Más tarde se enfrentaría al conflicto. Por el momento, se abandonaría y permitiría que el deseo la consumiera. Lo quería. La cabeza le daba vueltas, las piernas no le respondían, tenía el corazón acelerado y notaba el pulso en cada parte de su cuerpo.

¡No solo era un beso! Aquella era una clase magistral de seducción. Puesto que había perdido el control de su cuerpo, Anna intentó mantener el control de su mente y distanciarse de lo que estaba sucediendo.

Él se separó de ella un instante, pero no le soltó la barbilla. Estaba lo suficientemente cerca como para que ella pudiera sentir su cálida respiración sobre los labios, pero a suficiente distancia como para que ella pudiera escapar de la nube de sensualidad que la envolvía.

La realidad se impuso como un jarro de agua fría. Jadeando, apoyó las manos sobre su torso musculoso y lo empujó. Él la soltó y Anna dio varios pasos hacia atrás tambaleándose.

Cesare no sabía con cuál de los dos estaba más furioso: con ella, por embelesarlo, o con él mismo, por su manera de reaccionar.

Si alguna vez se había preguntado por qué Paul había podido hacer esa estupidez, ya lo sabía.

—¡Márchate! —exclamó él.

Anna estaba temblando y era incapaz de moverse. Sentía una mezcla de vergüenza, odio hacia sí misma y asombro.

—No puedes echarme... No eres tú el que paga mi sueldo.

—No te estaba echando, estaba diciéndote... —arqueó las cejas—. Lo siento, estaba pidiéndote que te fueras de mi vista a menos que te apetezca repetir.

Anna recuperó las fuerzas y se apresuró para salir de allí. No era la opción más digna pero, sin duda, la más sensata.

Capítulo 6

AL DÍA siguiente Anna pasó la mañana evitando todos los lugares en los que pudiera encontrarse con Cesare. Sentía su presencia en cada esquina y había empezado a sobresaltarse al ver su propia sombra, hasta tal punto que Jas le había preguntado si estaba bien.

¡Y eso que tenía cinco años!

¿Y qué diablos hacía escondiéndose como si hubiera hecho algo por lo que tuviera que sentirse culpable? Él era quien la había besado, aunque ella lo hubiera correspondido. Había reaccionado ante aquel beso con entusiasmo, algo que nunca habría imaginado posible.

Debía olvidarse del beso y continuar. Y eso implicaba que tendría que ver a aquel hombre en algún momento. Debía ser positiva y tomar la iniciativa. Así sería ella la que elegiría el campo de batalla y las condiciones.

Lo irónico fue ser que cuando decidió enfrentarse a él descubrió que ni siquiera estaba en la casa.

Cesare se había marchado a Roma temprano. Así

que Anna continuó haciendo su trabajo y cuidando de Jasmine.

Ver el mundo a través de los ojos de una niña era algo que nunca le aburría. Ese era el motivo por el que le encantaba enseñar, y Jas era una niña encantadora.

El viernes Cesare regresó a Killaran, pero no estaba solo.

Anna, que en esos momentos estaba paseando con Jasmine, no pudo ver a la mujer que salió del helicóptero con él, pero la noticia se extendió por el castillo en cuestión de segundos. Antes de que entraran al recibidor, todos los empleados sabían que era una mujer bella, con el cabello rubio, de unos treinta y algo años, divorciada y una exitosa abogada de empresa. Se llamaba Louise Gove.

Anna ni siquiera se había quitado el abrigo antes de que el grupo de empleados que estaba en la cocina le contara todos los detalles del momento. Hablando bajito para que Jasmine no la escuchara, preguntó:

–¿No será la primera vez que ha traído a una chica a casa?

Resultó que estaba equivocada.

Al parecer, aunque a menudo realizaba convites en el castillo, Cesare nunca había llevado a una amante a Killaran.

–Así que parece que esta mujer debe de ser especial.

La única pregunta que se hacía todo el mundo era

cuándo celebrarían la boda, y si ella merecía estar con él.

—¿Tú qué opinas, Anna?

—¡Creo que merece que sintamos lástima por ella! —su comentario hizo que todo el mundo la mirara porque, curiosamente, los empleados parecían bastante protectores hacia su jefe.

Anna se encogió de hombros.

—¿Qué? ¿De veras creéis que un depredador sexual va a cambiar su forma de ser por haberse casado?

Antes de que los empleados pudieran responder, una vocecita los interrumpió.

—¿Qué es un depredador sex...?

Anna se volvió y se sonrojó al ver que Jas estaba detrás con una magdalena.

—¿Estabas hablando del tío Cesare? —sus ojos verdes se iluminaron—. ¿Ya está en casa?

—Creo que acaba de llegar, cariño.

La niña salió corriendo de la habitación antes de que Anna pudiera detenerla. Al salir detrás de ella, Anna tiró una taza de café que había sobre una mesa y eso retrasó su salida. La pequeña Jas llegó a la biblioteca antes de que Anna pudiera alcanzarla.

—No, Jas, puede que tu tío esté muy ocupado —de pronto imaginó a Cesare con la mujer alta y rubia entre los brazos y se estremeció.

—No estará tan ocupado como para no hacerme

caso —contestó la pequeña con seguridad antes de abrir la puerta.

Incluso antes de salir del helicóptero Cesare ya se había arrepentido de haber invitado a Louise. No era que tuviera un problema con ella, solo que prefería mantener separadas las diferentes áreas de su vida. Además, aunque su hermana nunca lo había comentado, él sabía que ella agradecía que no paseara a sus amantes delante de su hija.

Ambos tenían la experiencia personal de lo que era tomar cariño a alguien que un buen día desaparecía sin más, aunque había veces que Angel se había alegrado de que desaparecieran.

Para Cesare, los «supuestos tíos» se convirtieron en un problema menor cuando cumplió los dieciséis años. Casi de la noche a la mañana, pasó de ser un niño a convertirse en un chico alto y musculoso. Para Angel, el problema empeoró cuando creció y Cesare no estaba a su lado para protegerla porque se había marchado a estudiar en la universidad. Cesare puso una expresión sombría al recordar que un día se había encontrado con su hermana de catorce años forcejeando con un «supuesto tío» baboso que movió una ramita de muérdago al verlo.

El «supuesto tío» había pasado las Navidades con una mandíbula rota en el hospital y Angel y él las habían pasado en un hotel. Después de eso, Angel había pasado los fines de semana con él y en un internado entre semana.

Cesare trató de ignorar los recuerdos y los errores que había cometido en el presente. Solo era un fin de semana y no pensaba invitar a Louise a quedarse a vivir allí. Dudaba que la exitosa abogada con la que había disfrutado de una corta y agradable relación el año anterior estuviera dispuesta a mancharse la ropa jugando con una niña.

Cuando Louise apareció en una reunión como la representante legal de una empresa rival, Cesare se encontró frente a la solución perfecta para los síntomas de frustración sexual que estaba experimentando.

Después de la reunión, Louise se había acercado a ella y le había preguntado si tenía pareja. Cuando él le contestó que no, ella dejó claro que no le importaría retomar la relación con él.

El único inconveniente era que tenía que atender una cena de negocios en París esa misma noche, pero le aseguró que al día siguiente estaría disponible. Regresaría a Londres temprano y tendría todo el fin de semana libre.

—El fin de semana tengo que ir a Escocia. ¿Por qué no me acompañas? —la invitó sin pensarlo bien.

Una vez que ella había aceptado la oferta, ya no había nada que hacer. Pasar un fin de semana con Louise en su cama sería la manera perfecta para evitar que aquella pelirroja pudiera convertirse en una obsesión.

—Tienes una casa preciosa. Espero que estos libros los tengas asegurados –dijo ella, pasando el dedo por el lomo de cuero.

Cesare miró a su acompañante mientras ella examinaba los libros de la estantería. En ese momento, se abrió la puerta.

–Lo siento –Anna entró detrás de la niña e intentó agarrarla, pero la pequeña se escabulló y corrió hacia Cesare con la mano extendida.

–¿Qué me has traído?

–¿Quién te ha dicho que te he traído algo, pequeña? –miró a su sobrina mientras rasgaba el papel del regalo que le había sacado del bolsillo, y al instante se percató de la presencia de Anna.

Ni siquiera la presencia de Louise sirvió para protegerlo del fuerte deseo que lo invadió por dentro. Enseguida reconoció que el hecho de haber invitado a la bella abogada no tenía nada que ver con el placer de disfrutar de su compañía ni con la idea de compartir una ardiente relación sexual. Su intención era demostrarle a Anna Henderson que había hombres que podían besarla y marcharse sin mirar atrás. Y se daba cuenta de que la necesidad de demostrar algo, aunque fuera a sí mismo, era una debilidad en sí misma. Deseaba ver a Anna Henderson celosa...

Y eso no era un síntoma de indiferencia.

Suspiró y posó la mirada sobre el rostro de Anna. Se fijó en sus mejillas sonrojadas, en su nariz salpicada de pecas, y en su manera de sonreír al mirar a Jasmine.

Ella volvió la cabeza y lo miró a los ojos. Cesare experimentó un fuerte deseo.

–Tío Cesare, hemos levantado una piedra y contado todos los bichitos que había debajo. ¡Eran asquerosos! No te imaginas la cantidad que había. ¿Tío Cesare?

Cesare apartó la mirada de aquellos ojos azules y atendió a la niña que estaba tirándole de la manga.

–¿Me estás escuchando?

Él se aclaró la garganta y contestó.

–¿Un millón?

–No, tonto, veintidós.

Su manera de mirarla provocó que Anna recordara el beso que habían compartido. Nunca había querido saber cómo era la verdadera pasión, esa que hacía que algunas mujeres sensatas como Rosie actuaran de manera estúpida con hombres que no eran buenos para ellas. Seguía pensando que siempre había otra elección, pero comprendía por qué algunas mujeres tomaban la elección equivocada.

Ella no lo haría pero... Observó a Cesare sonreír y se le aceleró el corazón. Con el rostro relajado parecía mucho más joven y atractivo.

Apretó los dientes y miró de reojo a la otra mujer. Era alta y elegante, vestida con una blusa de seda y unos pantalones de lino que resaltaban sus interminables piernas y su pequeña cintura. Su aspecto era inmaculado y hacía que Anna se sintiera inadecuada, pero, por otro lado, la ventaja era que al tenerla por allí Cesare no tendría tiempo de estar tan pendiente de lo que ella hacía.

La idea de que él estuviera agotado después de haber pasado una noche de pasión desaforada con aquella mujer no fue de mucho consuelo para Anna.

No era difícil imaginar aquellas uñas pintadas de color rojo acariciando la piel bronceada de Cesare. Si él continuaba molestándola, a pesar de que su novia estuviera en el castillo, lo ignoraría.

–Mira lo que tengo, Anna.

Anna se fijó en la casita que le entregaba la pequeña. Estaba tallada en madera y tenía todos los detalles. La giró en su mano antes de devolvérsela a Jasmine.

–Ya tienes una buena colección.

Jasmine quería construir un pueblo entero con las piezas que su tío le regalaba después de cada uno de sus viajes.

–Casi tengo una calle entera y la iglesia también. Gracias, tío Cesare.

–De nada –agarró el brazo de Louise–. Esta es mi sobrina Jasmine. Dile hola a la señorita Gove, Jas.

–Hola.

–No tenía ni idea de que tenías una sobrina. ¡Es lindísima! Puedes llamarme tía Louise.

–¿Por qué? No eres mi tía.

La mujer rubia se inclinó hacia Jas, pero se echó atrás sobresaltada.

–¡Cielos, estás llena de barro!

–Anna también –contestó Jas a modo de defensa.

–Pero yo no tengo azúcar por toda la boca –contestó Anna y sacó un pañuelo de papel de su bolsillo para limpiarle los labios a Jasmine.

El comentario llamó la atención de la pareja y Anna se sonrojó al ver que la miraban. Era difícil averiguar lo que él pensaba, pero la mujer parecía divertida.

–Madre mía, y ella también –arrugó la nariz–. ¿Eres la niñera?

Sin saber cómo responder, Anna miró a Cesare.

–La señorita Henderson va a ayudar a Angel durante unas semanas trabajando como cuidadora.

Jas tiró de la manga de su tío.

–Llámala Anna. No es mi profesora –se rio.

La rubia agarró el brazo de Cesare y rompió el silencio.

–Admiro a las profesoras –dijo de forma inesperada–. Aunque es un trabajo que nunca podría hacer –admitió–. Estoy segura de que tu trabajo también te da muchas satisfacciones y sin tanta responsabilidad.

Anna puso una falsa sonrisa y decidió que las primeras impresiones solían ser acertadas.

–Vaya comentario –murmuró ella, mirando a Cesare fijamente.

–Los niños son el futuro –dijo él.

–Es cierto –dijo Louise.

Y Anna trató de actuar con normalidad mientras Louise actuaba como si él hubiera dicho algo muy profundo y no evidente.

–Creo que la gente que cuida de ellos debería ser irreprochable, ¿no cree, señorita Henderson?

–A mí no me pregunte, yo trabajo por dinero, estatus y prestigio. Vamos, Jas, tenemos que limpiarnos.

Antes de agarrar la mano de la pequeña, Anna creyó ver cierto brillo de diversión en los ojos de Cesare pero, no, debía de ser un efecto de la luz. Él no tenía sentido del humor... Solo un cuerpo estupendo y mucho atractivo sexual.

«Da igual cuántas veces la tumbe verbalmente que Anna siempre se levanta, se recupera y continua luchando», pensó Cesare. Esperaba que ella hubiera metido la pata pero no lo había hecho. Su preocupación inicial por el bienestar de su sobrina bajo el cuidado de Anna había disminuido, pero empezaba a preocuparle su propio bienestar. Se estaba volviendo loco con su presencia.

—Parece que he hecho un mal trabajo —dijo Louise mientras las observaba marchar—. Creo que he ofendido a tu niñera —bromeó.

—No es mi niñera —contestó él sin apartar la mirada de la mujer pelirroja. Su forma de andar era como ella... ¡Provocadora! El balanceo de sus caderas, su manera de... Apretó los dientes y trató de ignorar el deseo que lo corroía por dentro—. Es una auténtica pesada —vio que Louise lo miraba asombrada y forzó una sonrisa—. La ha elegido Angel, no yo.

—Pues líbrate de ella.

—Me encantaría —una vida sin que aquellos ojos azules lo juzgaran. Una casa sin el sonido de aquella risa ni aquel perfume que invadía las habitaciones.

Sabía que su problema tenía una sencilla solución. Quizá tuviera que vivir bajo el mismo techo que ella, pero siempre podía mudarse a la casita exterior. No le resultaría difícil evitar las habitaciones impregnadas de su aroma, ni permanecer a distancia del sonido de su risa.

Pero eso significaría dar prioridad a su comodidad frente al bienestar de Jasmine. Necesitaba permanecer vigilante, tenía que estar allí para intervenir si era necesario. Su comodidad personal no tenía nada que ver con todo aquello.

—Nunca te he visto así —comentó Louise mirándolo a la cara—. Puedo echarle un vistazo al contrato si ese es el problema.

—Dudo mucho que tenga contrato.

Louise lo miró asombrada.

—Entonces, legalmente...

Cesare respiró hondo.

—Te agradezco la oferta, Louise, pero lo tengo todo controlado.

De repente, Louise soltó una carcajada.

—Es ella, ¿no es eso? La niñera. Hay algo entre vosotros.

—Por supuesto que no.

Pero Louise no estaba dispuesta a abandonar.

—Me preguntaba por qué me habías invitado aquí. Querías poner celosa a esa chica, ¿no es eso? —soltó una risita.

Cesare frunció el ceño.

—¡No seas ridícula!

—Bueno, bueno. Por una vez en la vida, te toca a ti hacer el esfuerzo para conquistar a alguien.

Capítulo 7

DESPUÉS de dejar a Jas frente a la pantalla del ordenador para que charlara con su madre, Anna entró en la habitación contigua para contestar una llamada.

Era su tía Jane, y la llamaba para darle la noticia de que Rosie había empezado a sentir dolores la noche anterior. Todos habían ido al hospital pero había sido una falsa alarma. Anna se rio cuando su tía le contó los detalles del viaje hasta allí, le mando un beso para Rosie y deseó poder estar con ellos.

Cuando finalizó la llamada, Anna sintió que la nostalgia se apoderaba de ella. Echaba de menos a su familia. Rosie no solo era su prima, también su mejor amiga y, si Anna hubiera estado allí, habría estado en el parto y habría podido brindar con los abuelos, que habían decidido quedarse unas semanas más en Canadá antes de regresar a casa.

Respiró hondo y decidió que tener a Rosie sana y salva junto a su marido Scott en otro país era mucho mejor que tener a una Rosie infeliz viviendo a poca distancia.

Iría a visitarlos en Navidad.

Cuando regresó a la habitación de Jasmine, minutos más tarde, la niña estaba soplando besos a la pantalla.

—Ve a cepillarte los dientes, bonita, y mami te contará otro cuento mañana.

Anna esperó a que la niña saliera de la habitación y se inclinó para apagar la pantalla del ordenador. Al ver que Angel estaba llorando preguntó:

—¿Qué ocurre? —se sentó frente al ordenador.

Angel negó con la cabeza y se secó las lágrimas.

—La echo mucho de menos. Me encantaría... —suspiró y puso una trémula sonrisa que estuvo a punto de partirle el corazón a Anna—. No me hagas caso, tengo un mal día. Ya sabes, sol, arena, palmeras —dijo con ironía—. Es una vida dura. No te imaginas lo agotador que es estar obligada a vivir una vida de lujo en un hotel de cinco estrellas, llevar ropa preciosa y dejar que te maquillen profesionales.

Anna no se dejó engañar. Sabía que Angel lo habría dejado todo a cambio de poder abrazar a su hija mientras le leía el cuento de antes de irse a dormir.

—Ignórame. ¿Cómo estás tú? ¿Y cómo se está comportando mi hermano?

Anna no tenía intención de mencionar a la invitada pero se encontró diciendo:

—Ha traído una mujer a casa.

Angel se quedó boquiabierta.

—No me lo puedo creer. ¿Y cómo es?

Anna trató de ser justa en su descripción, aunque

cuando Angel comentó «Suena horrible», pensó que quizá no había tenido éxito.

Anna miró el reloj de la mesilla y vio que eran las tres de la madrugada. No se había quedado dormida hasta las dos.

Agarró la almohada para cubrirse la cabeza con ella cuando oyó una especie de gemido. Escuchó con atención y oyó que gimoteaban otra vez.

Salió de la cama, se puso el albornoz y corrió por el pasillo. La habitación de Jasmine estaba dos puertas más allá.

La pequeña estaba sentada en la cama, llorando y con las mejillas muy coloradas.

—Estoy enferma.

—Pobrecita —Anna acarició la frente de la pequeña y valoró la situación—. Lo sé, cariño, no te preocupes, enseguida lo solucionaremos.

Bañó a Jasmine con una esponja y la vistió con un pijama más fresquito. Después, la dejó sentada en una butaca mientras cambiaba las sábanas de la cama. Al ver que estaba tiritando, comentó:

—Ay, mi niña.

Cinco minutos más tarde Jas estaba otra vez acostada y parecía tranquila y a punto de dormirse. Después de haber estado cuatro años a cargo de una clase de treinta niños de seis años, Anna estaba acostumbrada a las enfermedades infantiles y sabía que lo primero que había que hacer era llamar a los padres. Pero en esa situación no era posible.

Puesto que Angel no estaba, tendría que conformarse con la segunda opción.

«La segunda opción». Estaba segura de que era un término que normalmente no aplicaban a Cesare Urquart, puesto que el hombre estaba acostumbrado a ser un vencedor. Para algunas personas eso podía resultar atractivo. Sin embargo, a Anna no le atraían los hombres que tenían que demostrar que eran los mejores, aquellos a los que la gente buscaba como líderes. Por un lado, le gustaba tomar sus propias decisiones, pero se alegraba de que en esa situación no le correspondiera hacerlo.

—Tengo sed.

Anna agarró el vaso vacío que había sobre la mesilla y se dirigió a la cocina para rellenarlo de agua.

—Solo bebe un sorbito. Humedécete los labios, ¿mejor?

Jasmine asintió y Anna besó la frente de la pequeña.

—Quiero que venga mamá —dijo con voz temblorosa.

Anna estaba segura de que, si Angel hubiese visto a su hija en ese momento, habría tomado el primer avión de regreso. ¡Y Jas se habría olvidado de que estaba enferma!

—Lo sé, cariño. ¿Qué te parece si llamo a tu tío Cesare?

Jasmine asintió.

–Sí, quiero que venga el tío Cesare.

–No tardaré mucho. Acurrúcate y yo... –«iré a sacar a tu tío de la cama. Y de los brazos de su amada». Sintió una náusea y pensó si no tendría el mismo virus que Jasmine–. Vuelvo enseguida –le prometió.

Cuando el primer día el ama de llaves le hizo un tour de la casa, Anna prestó mucha atención. Recordaba que la señora Mack le había mostrado la escalera que llevaba hasta los aposentos privados del señor Urquart y le había dicho que no se podía pasar. Pero, a las tres de la madrugada, esa norma podía pasarse por alto.

El tío de Jas le echaría la culpa. Había estado esperando a que metiera la pata y probablemente estaría encantado de tener un motivo.

«No es cierto y lo sabes», oyó que le decía una vocecita. Por muchos fallos que tuviera, no comportarse de manera protectora con su sobrina no era uno de ellos. De ninguna manera dejaría sufrir a la niña para demostrar que tenía razón.

Cesare encontraría la manera de argumentar que había sido culpa de ella, y quizá no estaba tan equivocado. Ella había visto que Jasmine tenía las mejillas sonrojadas a la hora de acostarla y en lugar de tomarle la temperatura le había dado un baño caliente.

Era posible que Angel dijera que ella era la que estaba a cargo, pero Anna sabía que en una situación como esa no esperaría que ella tomara una decisión unilateral. Lo más importante era que ella solo era... ¿Cómo la había llamado? Una cuidadora. Lo había dicho a modo de insulto, pero era una descripción precisa de su función.

El hermano de Angel era la persona apropiada para decidir qué debían hacer y si había algún hombre capaz de tomar decisiones era el tío de Jas. Tampoco tendría mucho tiempo para ello. ¡Y no creía que la indecisión fuera su estilo! Solo las mujeres altas, rubias y de piernas largas.

Al final de la escalera había un pasillo con cuatro habitaciones. En una de ellas se filtraba la luz por debajo de la puerta y se oía música en el interior. Ella frunció el ceño. ¿Cesare no dormía? ¿O es que tenía insomnio? Cuando encontró la explicación se sintió estúpida. No estaba durmiendo, estaba... Estaban... Negó con la cabeza para borrar las imágenes que se formaban en su cabeza y apretó la mano contra su vientre. No quería saber lo que Cesare y la bella Louise estaban haciendo tras aquella puerta. Respiró hondo, se armó de valor y llamó. Inquieta, esperó a que abrieran.

Louise no hablaba en serio cuando le sugirió a Cesare que, dadas las circunstancias, a lo mejor prefería no compartir la cama con ella esa noche.

–Aunque, si lo que sugieres es que hagamos un trío, sabes que estoy dispuesta a probar cosas nuevas –añadió.

Cuando él le contestó que tenía trabajo por hacer y que quizá fuera mejor que ella pasara la noche en la habitación de invitados, se quedó sorprendida y un poco molesta.

Y, debido a su escaso sentido del humor, allí estaba Cesare a las tres de la mañana, despierto y sin visos de quedarse dormido.

–¡Maldita pelirroja! –exclamó mientras cerraba el agua de la ducha.

Compartir casa con esa mujer le estaba robando años de vida.

Al salir de la ducha oyó que llamaban a la puerta. Agarró una toalla y se la enrolló en la cintura antes de ir a abrir. Nadie lo molestaría a esas horas a no ser que fuera una emergencia.

Anna llamó de nuevo con más insistencia. Estaba a punto de abrir y gritar cuando se abrió la puerta.

Cesare podía ser un machista, pero sin duda era el hombre más sexy del planeta. Siempre iba elegante e inmaculado, y esa noche las gotas de agua brillaban sobre su cuerpo bronceado y desnudo de cintura para arriba. La imagen de Cesare hizo que olvidara por qué estaba allí.

Él la miró con expresión casi feroz. El brillo de su mirada era intenso, como si estuviera tratando de alcanzar su alma, pero parecía que no la estuviera mirando a ella. Y podía ser, los hombres nunca la miraban de ese modo.

–Yo... –se aclaró la garganta y lo intentó de nuevo–. Siento molestarte.

Él carraspeó y, sin decir palabra, dio un paso adelante y la agarró por la cintura estrechándola contra su cuerpo.

Anna fue incapaz de hacer nada. Sintió como una explosión en el techo y se le cortó la respiración. Permaneció inmóvil durante unos instantes y, al notar el cuerpo musculoso de Cesare contra el suyo, se derritió por dentro y gimió contra sus labios antes de abrir la boca para recibirlo.

Era incapaz de pensar, aturdida por el aroma que desprendía el cuerpo de Cesare y por el roce de su miembro erecto. Cuando su espalda golpeó contra la pared de piedra, sintió dolor, pero no el suficiente como para desear que aquello terminara. Se percató de que estaba de pie contra la pared opuesta a la puerta abierta de la habitación.

Notó que cada vez le temblaban las piernas a medida que el fuerte deseo se apoderaba de ella.

Al cabo de unos instantes no podría hacer nada, así que debía hacerlo cuanto antes. Reunió la fuerza necesaria, apoyó las manos sobre el torso desnudo de Cesare y lo empujó. Negó con la cabeza. ¿Cómo podía ser que un error tan grande pudiera parecer algo tan maravilloso?

–No. No, necesito... –se calló al ver que él le acariciaba el muslo derecho y metía la mano bajo el camisón.

Él la miró a los ojos y sonrió.

–Sé lo que necesitas.

Ella se estremeció. Lo más aterrador era que él

parecía saber exactamente lo que ella necesitaba, o al menos lo que deseaba. Luchó contra su poderío sensual, consciente de que en cuanto aceptara lo que él le ofrecía, en cuanto se abandonara al placer, todo habría terminado.

Se armó de valor y lo empujó de nuevo por el torso.

Cesare la agarró de los codos y tiró de ella contra su cuerpo, de forma que pudiera sentir su miembro erecto en la entrepierna. A Anna se le nubló la visión. Él se había inclinado para besarla y ella se puso de puntillas para recibirlo a mitad de camino.

—Jasmine está enferma... ven... —le dijo con unos labios que no parecían los suyos, hinchados por los besos y ansiosos por suplicarle que no dejara de besarla.

Cesare pestañeó y negó con la cabeza como si acabara de despertar de un sueño. Respiró hondo y la soltó.

—¿Por qué no lo has dicho antes? —preguntó.

Ella se quedó boquiabierta al oír la reprimenda.

¿Cómo era posible que alguien besara de ese modo? ¿O que acariciara con tanto ardor y que luego hablara con tanta frialdad?

Se retiró de la pared y trató de agarrar el cinturón del albornoz. Le temblaban tanto las manos que decidió abrazarse antes de decir:

—No me has dado mucha oportunidad.

—¿Estás segura de que está enferma? Cuando está nerviosa tiene pesadillas...

—Estoy segura —contestó ella, frotándose los brazos.

Era surrealista que estuvieran hablando de ese modo. No había nada en la forma de comportarse de Cesare que indicara que momentos antes había estado a punto de llevarla a la cama. Si hubieran sido capaces de llegar tan lejos. Bajó la mirada y suspiró avergonzada. Se lo habría permitido.

Cesare se pasó la mano por el cabello oscuro y la miró de forma acusadora.

—¿Jas está enferma y la has dejado sola? —«¡y has aparecido en mi puerta con ese aspecto!».

Se fijó en que el albornoz de raso que llevaba dejaba entrever que el botón de arriba de su camisón estaba desabrochado y dejaba al descubierto parte de sus pechos. Aunque lo hubiera llevado abrochado hasta el cuello, no habría podido controlar el deseo que lo invadía por dentro.

¡Mal momento!

Nunca habría un momento bueno para que esa bruja provocativa apareciera medio vestida en su puerta. El error era intentar racionalizar la atracción que sentía por ella. La locura era algo que no se podía racionalizar.

—Regresa con Jas. Iré en cuanto me vista —dijo él.

Anna respiró hondo y se marchó. Segundos más tarde, él apareció a su lado.

—No te asustes —lo tranquilizó—. No creo que sea nada grave.

–¿Me puedes repetir cuál es tu cualificación médica?

Ella respondió entre dientes y aceleró el paso para poder seguirlo.

–Cúlpame si así te sientes mejor, pero es posible que no sea culpa de nadie. Los niños tienen dolores de estómago, fiebre... A veces solo necesitan un abrazo para encontrarse mejor.

–¿Culparte? ¿Cómo iba a hacer tal cosa? Solo eres una víctima inocente a la que le pasan cosas. Como, por ejemplo, verse implicada en una relación con hombres casados...

–Tienes razón –murmuró ella–. Escoge los puntos fuertes de mi vida –contestó sintiéndose incómoda.

Era legítimo que quisiera proteger a Rosie, pero no estaba bien que se convirtiera en víctima cuando simplemente había sido una mera observadora de lo que le había pasado a su prima.

No era ella la que había perdido el bebé y casi su propia vida. Era Rosie. Que tuviera que recordárselo demostraba que había llegado demasiado lejos para tratar de protegerla.

–¡Basta! –exclamó junto a la puerta de la habitación de Jas y se volvió para mirar a Cesare a los ojos–. No es culpa mía si has discutido con tu novia. No la pagues conmigo y no me utilices como sustituta. No sé por qué lo has hecho, y no quiero que lo hagas, pero no me ha gustado que me utilizaras de ese modo solo por estar allí.

–No parecía disgustarte en ese momento.

–No me diste mucha oportunidad de hacer nada, solo... No quiero que me entrevistes para el trabajo de sustituta –entornó los ojos y le advirtió–. Así que, si me pones la mano encima otra vez, yo... –la había tocado y ella no había deseado que parara. Quería más. Mucho más–. ¡No vuelvas a hacerlo! –soltó.

Él echó la cabeza hacia atrás y contestó:

–No aparezcas en mi puerta medio desnuda.

Anna se cubrió el rostro con las manos y trató de recuperar la compostura antes de seguirlo hasta el interior de la habitación.

Cesare ya estaba junto a la cama de su sobrina.

–¿Cómo estás, pequeña?

–Quiero que venga mamá.

–Lo sé, cariño. ¿Cómo te encuentras? ¿Mejor?

La pequeña asintió.

–Ha sido el paño mágico de Anna. Me frotó la frente con él y me encuentro mucho mejor. ¿Tú tienes un paño mágico?

–No tengo nada mágico.

–Una canción... ¿Una nana? –dio una palmadita sobre la cama para que se sentara.

Cesare se tumbó a su lado, junto a un grupo de conejitos de color rosa.

–El rosa te queda bien –dijo Anna, cuando sus miradas se cruzaron.

Conteniéndose delante de su sobrina, Cesare contestó con tono neutral:

–Si necesitas algo, ya sabes dónde estoy.

Anna sonrió a Jasmine, miró a su tío con frialdad y se marchó.

—No, quiero que te quedes, Anna —se quejó Jasmine.

Anna se volvió y suspiró.

—Creo que no hay sitio para todos. Me iré y...

—¡Aquí! —Jasmine señaló un sitio a su derecha que no estaba ocupado por su tío. Cuando Anna no respondió a su petición, empezaron a temblarle los labios.

Anna cedió al ver la primera lágrima.

—Está bien, me tumbaré aquí hasta que te quedes dormida.

«Estoy compartiendo la cama con Cesare Urquart. ¡Seguro que no hay muchas vírgenes de veintitantos años que puedan decir eso!». Se preguntaba qué diría él si lo supiera. Mark, su exnovio, se había quedado alucinado y ella sospechaba que la idea de casarse con una mujer virgen había sido el motivo por el que había dejado de presionarla para tener relaciones sexuales con ella.

Y Anna se había sentido aliviada.

Cuando Mark la dejó, se justificó haciendo algunas referencias a la frigidez de Anna y a ella no le pareció injusto.

Después Cesare la había besado.

—No, no te vayas. ¿Me lo prometes?

Anna suspiró:

—Te lo prometo.

Jasmine miró a uno y otro lado.

—Esto es divertido.

Los dos adultos se miraron por encima de la cabeza de la niña. Anna puso una media sonrisa al ver que Cesare la miraba con humor. Cuando se percató de lo que estaba haciendo, bajó la mirada y se puso seria. Lo último que deseaba era que Cesare sintiera que tenían una relación de cualquier tipo. Era fundamental que lo considerara su enemigo.

Y después de lo que había sucedido aquella noche, era más importante que nunca. La única manera de mantenerlo a una distancia prudencial y evitar que la volviera a besar era pensando en él como un autómata frío y arrogante.

—Tío Cesare, cántame la canción que solías cantarle a mamá cuando estaba triste.

Y justo cuando Anna pensaba que aquella situación no podía ser más surrealista, Cesare comenzó a cantar. Tenía buena voz y, aunque ella no comprendía la letra en italiano, la melodía era suave y tranquilizante.

Anna cerró los ojos. Cuando los abrió, estaba sola en la cama. El reloj de la mesilla marcaba las nueve y media. Se levantó de la cama de un salto.

Capítulo 8

CESARE no acostumbraba a pasar la noche entera con una mujer. Prefería dormir solo, así que nunca había pasado la noche observando a una mujer dormida.

La noche anterior no le quedó elección. No podía escaparse de la cama sin despertar a Jas ya que la pequeña se había quedado dormida entre sus brazos. No podía moverse, no podía dormir, así que se dedicó a mirar a la mujer que dormía con ellos.

Era la alternativa a contar ovejas.

En reposo, las líneas de tensión desaparecían de su rostro. Su cabello rizado hacía que pareciera un ángel. Su rostro tenía el aspecto de una estatua, su piel era tan delicada como el alabastro y unas pecas cubrían el puente de su nariz. ¿Con qué estaría soñando cuando movió la cabeza bruscamente contra la almohada?

¿Era él su pesadilla?

Incluso dormida, sus labios eran sensuales, una tentación, un tormento, ¿una invitación?

La noche fue larga. Para cuando Jasmine se movió, él podría haber dibujado el rostro de Anna Henderson de memoria. La idea le resultaba atractiva, pero carecía del talento necesario. Tenía talento para otro tipo de cosa, igual que ella. Empezó a recordar el beso que habían compartido y se detuvo. Ciertas cosas no debían recordarse delante de un niño. Se cubrió los labios con el dedo, miró a la mujer dormida y le guiñó un ojo a Jasmine en un gesto de complicidad.

Jasmine enseguida captó lo que sucedía y salió de la habitación. Estaba completamente recuperada, se comió un gran desayuno y suplicó que la dejaran salir a los establos para ver al potro nuevo.

Cesare la dejó en manos del mismo mozo que lo había enseñado a él a montar cuando era un niño y regresó a la casa. Una vez en el recibidor, oyó pasos y volvió la cabeza hacia ellos.

—Siento decepcionarte, cariño, pero solo soy yo.

Tenía que reconocer que se le había acelerado el corazón al ver que Louise hablaba con sarcasmo.

—Iba a preguntarte si habías dormido bien, pero ya veo que has pasado una mala noche.

Cesare se fijó en las bolsas que estaban junto a la puerta de entrada.

—Ah, sí, dadas las circunstancias, espero que no te moleste, pero me han invitado a una fiesta en Crachan. Imagino que a ti también te habrán invitado, ¿no?

Él asintió.

—Pues yo rechacé la invitación para venir a hacerte compañía, pero dado que... Bueno, he llamado a Michael y le he dicho que he encontrado un hueco en mi agenda. ¿Sabes lo que me ha dicho? Que cuando se cierra una puerta se abre otra –lo besó en los labios y sonrió.

Cesare, agradecido de que no le montaran un número, la acompañó hasta el taxi que esperaba fuera.

Anna había ido a buscarlos a la cocina cuando sonó su teléfono móvil. Miró el número de la pantalla y contestó:

–¿Scott?

–La madre y el bebé están bien. Annie ha pesado casi cuatro kilos y Rosie te envía muchos besos.

Anna suspiró y soltó una carcajada.

–Eso es estupendo. Tengo ganas de estar ahí.

–Estamos deseando verte en Navidad. Rosie te manda un beso enorme –Scott lanzó un beso por teléfono.

–Yo también estoy ansiosa por que llegue ese momento –le lanzó otro beso.

Su sonrisa permaneció hasta que se volvió y vio a Cesare. Al instante, percibió el aura de masculinidad que exudaba de su cuerpo y no pudo evitar recordar el beso que habían compartido.

Ella se humedeció los labios y trató de no fijarse en su boca. Por supuesto, no pudo fijarse en nada más y el recuerdo de lo que había sentido durante el beso se intensificó.

¿Qué diablos le estaba pasando? Ni siquiera había tenido una conversación de verdad con aquel hombre. Ninguna en la que él no se hubiera comportado de manera maleducada y abusiva, entonces ¿por qué sentía esa extraña atracción hacia él?

Era ridículo. Había pasado la noche en una cama con ella y se había levantado sintiéndose más frustrado que nunca en el plano sexual. Y, mientras él estaba allí tumbado sufriendo, al parecer ella estaba soñando con ese tal Scott.

Durante un segundo se esforzó para controlar la ola de rabia y disgusto que lo invadía. Desde un principio había sabido lo que era ella, así que, ¿por qué le parecía tan sorprendente? Por supuesto que tenía un hombre en su vida, ¡la mujer no había aprendido a besar así en un convento!

–Buenos días.

Cesare no cambió su expresión, simplemente arqueó una ceja y consiguió que ella se sintiera incómoda y pensara en el terrible aspecto que debía de tener con el pelo despeinado, el pantalón de chándal y la sudadera holgada que llevaba.

Pero ella no necesitaba su aprobación. Daba igual que la noche anterior hubiera descubierto que sentía debilidad por su sobrina. Una grieta en su armadura no hacía que fuera un hombre menos egocéntrico y arrogante que curiosamente besaba como... Antes de poder evitarlo, ella estaba reviviendo el beso y recordando el sabor de sus labios.

Cuando una ola de deseo la invadió por dentro, se puso tensa y apartó la mirada de su rostro.

–Lo siento –se mordió el labio inferior, enojada por haberle pedido perdón. ¿Por qué se estaba disculpando? Solo porque él la estuviera mirando de ese modo no la convertía en una delincuente.

–Solo venía a buscar a Jas. ¿Cómo se encuentra esta mañana? Deberías haberme despertado.

–Jas está en los establos dando de comer al potro. Parece que está bien. La próxima vez, infórmame de que está enferma desde el primer momento.

Su tono de voz dejaba claro que ella no estaba hablando con el hombre que había cantado la nana. Enderezó los hombros y alzó la barbilla, convenciéndose de que era absurdo que se sintiera dolida por la frialdad de su tono de voz.

Pero así era.

–Fui enseguida –protestó ella–. Estaba bien cuando la acosté.

–No eres quién para decir que estaba bien. No está bien.

–Lo... Lo siento.

¿Tartamudeaba para hacerlo creer que era un ogro? ¿No lo haría a propósito?

–En el futuro todo lo que tenga que ver con un tratamiento médico para Jas me lo consultas, ¿lo tienes claro, Anna Henderson?

–Como el cristal, Cesare Urquart –contestó ella–. Y no te preocupes, la próxima vez que sienta la necesidad de tomar una decisión me contendré, si tú controlas tu necesidad de aprovecharte de mí.

–No hay problema, siempre y cuando no vengas a llamar a mi puerta medio desnuda a las tres de la madrugada.

Ella entornó los ojos.

–Créeme, llamar a tu puerta será lo último que haga. No me gustaría tener que denunciarte por acoso sexual la próxima vez. ¿Cómo está tu novia esta mañana?

–Louise ha tenido que marcharse y yo me voy a Roma, así que te veré a la vuelta. Y, por cierto, si pretendes hacer la jugada del acoso sexual, sería buena idea que no metieras la lengua hasta la garganta de un hombre. ¡Podrían acusarte fácilmente de enviar mensajes contradictorios!

No había rastro de la niebla que había impedido que despegara su avioneta y que había hecho que el viaje de regreso a Killaran fuera tan aburrido. Pero, gracias al microclima que tenían en la zona, frecuentemente tenían patrones climatológicos diferentes.

En realidad, nadie esperaba que él acudiera en persona la reunión que tenían en Roma. Sabía que el cambio de decisión en el último minuto había provocado especulaciones, y que los medios habían publicado algunas historias acerca de que el conductor número uno del equipo se marchaba a otro equipo rival.

Cesare reconoció el coche nada más atravesar la

puerta de la verja. Blasfemó y frenó en seco para aparcar a su lado.

¿Paul estaba allí? ¿Eso quería decir que sabía que Anna estaba allí? ¿Habría contactado con él y...? Quizá siempre habían mantenido el contacto. ¿Eso significaba que su relación nunca había terminado? Sintió que algo se retorcía en su interior al pensar en esa posibilidad.

También era posible, aunque poco probable, que aquello fuera un giro del destino. ¿Clare estaría con Paul? ¿La amante ya habría conocido a la esposa?

¿Llegaba demasiado tarde para evitar una crisis? Tampoco podía encerrar a Anna en una de las torres hasta que pudiera librarse de sus inesperados invitados, ¿no?

¿Y por qué se preocupaba tanto, como si fuera asunto suyo?

Paul ya era lo bastante mayor como para cuidar de sí mismo y Anna ni siquiera era su empleada. Él era el que no la quería allí, el que había advertido de que causaría problemas, y así había sido. Reconocía que era una mujer muy sexy. Lo bastante sexy como para hacer que un hombre quisiera... Tragó saliva y se le formó un nudo en la garganta. Aunque la relación entre ellos hubiera terminado mucho tiempo atrás, Paul podría mirar a Anna un instante y sentir que le hervía la sangre. Con mirar a Anna una vez, un hombre podía olvidarse de que estaba casado. ¿Qué hombre no lo haría?

¿Y Paul conocería la existencia de Scott?

Sintió que la rabia lo invadía por dentro. ¿Por qué esos hombres permitían que los hicieran quedar como idiotas?

Anna estaba sentada en un tocón observando cómo Jas jugaba con el cachorro que saltaba con un palo en la boca.

La risa de la niña la hizo sonreír, pero la tristeza permaneció en su mirada mientras volvía la cabeza hacia el aire y respiraba el aroma de las montañas. Era incapaz de conseguir la sensación de serenidad que normalmente le proporcionaba un lugar salvaje como ese.

«Habría permitido que pasara», se dijo.

La idea hizo que se avergonzara. El recuerdo de lo que había sucedido la hizo estremecer. Tenía que centrarse en lo positivo. No había sucedido nada malo... Todavía.

Había sido culpa suya. Había bajado la guardia, algo que había prometido que no haría jamás después de aquella noche terrible en la que había descubierto lo que el amor podía hacerle a una persona.

Nunca permitiría que nadie le hiciera lo que ese hombre le había hecho a Rosie.

Y lo había hecho.

No a causa del amor. Había cometido un error, pero no ese. No confundía el deseo con amor, aunque comprendía un poco mejor a la gente que lo hacía. El asunto era que, mientras no podía mirar a

Cesare sin pensar en el beso que habían compartido y sin temblar de deseo, él ni siquiera le gustaba. Lo que sentía por él no era real. Al día siguiente, podría despertar, mirarlo y pensar: ¿qué era lo que vi en él?

Aparte de un rostro perfecto y un cuerpo increíble con el que se podían inventar mil fantasías...

Anna apretó los labios al sentir un nudo en el estómago. Por la mañana, él había actuado como si no hubiera sucedido nada, y después ¡la había acusado de provocarlo!

Ni siquiera cuando Mark la dejó se había sentido vulnerable. Un poco decepcionada sí, y quizá un poco tonta. Era irónico, había pensado que tenía la vida solucionada.

No había permanecido sentada esperando a un caballero que resultó ser un sapo. Había permitido que un ordenador le encontrara a un hombre que creyera que el matrimonio basado en el respeto mutuo y en los intereses comunes tenía más posibilidad de perdurar que algo basado en una atracción química transitoria. Y él la había abandonado, si no en el altar, muy cerca de él, ¡y por una modelo de lencería!

Si aquello tenía que ver con el sexo, quizá debería superar...

Negó con la cabeza. ¿Acostarse con Cesare? Enseguida pensó en la parte negativa del plan. Él no estaría interesado en ella a no ser que acabara de discutir con su novia. Sabía que un hombre como

Cesare, nunca se fijaría en ella. Una disputa entre amantes era la única cosa que explicaba la ausencia de aquella mujer en su habitación.

Cesare todavía blasfemaba en dos idiomas cuando se abrió la puerta antes de que él llegara a ella.

Apretó los labios para permanecer en silencio. Durante su corta carrera como piloto había sido conocido por su capacidad para mantener la calma bajo cualquier circunstancia. Sin embargo, en aquellos momentos tenía que esforzarse para controlar sus sentimientos y, si la expresión de su ama de llaves era un buen indicativo, no lo estaba haciendo muy bien.

Ladeó la cabeza, miró a la señora Mack y, puesto que no se fiaba de que fuera capaz de hablar sin gritar, arqueó una ceja a modo de pregunta.

—El señor Dane está en la biblioteca.

Cesare intentó no leer demasiado en su gesto de desaprobación. A su ama de llaves había muchas cosas que no le gustaban, no solo el hecho de descubrir que un amigo casado tenía una aventura amorosa con una empleada. A pesar de todo, la imagen que lo torturaba permaneció en su cabeza, provocando que corriera hasta la puerta de la biblioteca y se detuviera allí para respirar hondo.

Resultó que Paul estaba solo. A lo único que se había acercado había sido a la botella de whisky. Cesare no tenía problema en compartir la bebida, pero cuando se trataba de su... Frunció el ceño. ¿Qué era ella aparte de no ser nada suyo?

No era suya, pero le suponía una auténtica pesadilla y no le pagaban para que se acostara con su amigo casado, así que su actitud estaba totalmente justificada.

–Esto sí que es una sorpresa, Paul. ¿Está Clare contigo? ¿Y los niños?

Paul se rellenó el vaso, lo levantó hacia Cesare y negó con la cabeza.

–Clare me ha dejado... De hecho, me ha echado de casa –balbuceó.

–¿Ha descubierto lo de Rosanna?

¿Se habría confesado Paul?

Cesare descartaba esa posibilidad. Paul no era el tipo de hombre capaz de confesarse. Era de los que les contaba el problema a sus amigos y esperaba a que se lo solucionaran. ¿Cuántas veces habían imaginado esa escena durante los últimos cinco años? Al pensar en ello, Cesare experimentó un sentimiento de culpa. Estaba en deuda con Paul.

Y Paul lo sabía.

Su amigo continuaría contándole sus problemas. ¿Cómo lo llamaban los psicólogos? ¿Comportamiento adquirido?

Paul frunció el ceño y pestañeó.

–¿Estás bien? Pareces... –de pronto puso una amplia sonrisa–. Rosanna. Quieres decir, Rosie, la maravillosa Rosie. Tan dulce... Tan ardiente... Era la mejor.

Cesare puso una mueca de disgusto. Cerró los puños a ambos lados del cuerpo y apretó los dientes.

–No, ella nunca descubrió lo de Rosie, pero Rosie era diferente, era auténtica. Ojalá... –suspiró sin acabar la frase–. No, esto no ha sido nada. Una aventura de una noche, eso es todo –chasqueó los dedos antes de beber otro trago de whisky–. Pero Clare no lo ve así. Y no quiere escucharme –se quejó.

Hizo una pausa como si esperara algún comentario de complicidad en respuesta a su queja y, al ver que Cesare no decía nada, bebió otro trago.

–Confiaba en que tú la hicieras entrar en razón, Cesare. Le caes bien. Tienes un don para las mujeres.

–No se trata de tener un don, se trata de no ser infiel.

Antes de que Paul pudiera responder, se abrió la puerta y se percibió el sonido distante de la risa de Jas, el ladrido de los perros. Anna entró en la habitación dispuesta a discutir. No hacía falta ningún talento especial para saberlo, todo su cuerpo lo mostraba.

Cesare siguió a su instinto en lugar de a la lógica y se colocó delante de ella para taparle la vista a Paul.

Era una vista que merecía la pena contemplar. Los vaqueros ajustados que llevaba enfatizaban las curvas de su trasero, el jersey era del color de sus ojos y tenía un mensaje en el pecho que invitaba al observador a salvar el bosque para el futuro. Cesare consideraba que la probabilidad de que un hombre leyera el mensaje y pensara en los árboles era muy escasa.

–¿No puedes esperar?

Anna apretó los dientes.

–Siento molestarte, pero he visto el coche y me di cuenta de que habías regresado –comentó–. Y, puesto que me has pedido que te consulte antes de tomar decisiones importantes, he venido a hablar contigo. Mientras paseábamos a los perros, nos hemos encontrado con Samantha y su madre. Han invitado a Jas a dormir a su casa. Les he explicado que tenía que consultarlo contigo ya que yo solo soy la cuidadora y no quería excederme en mi autoridad.

–Sí, está bien.

Anna se quedó boquiabierta. El anticlímax era intenso. Se sentía como si estuviera elegantemente vestida y no tuviera dónde ir.

–¿Está bien?

–Sí, está bien.

–Pero... –se calló. ¿Qué era lo que esperaba de él? ¿Una mala contestación? Se percató de que lo que quería era que Cesare se hubiera fijado en ella. Sentirse ignorada era mucho peor que recibir un insulto o una mala contestación.

–¿Eso es todo? –preguntó él con impaciencia.

Ella respiró hondo y se encogió de hombros.

–Sí, está bien, las llamaré para decírselo –de pronto percibió movimiento detrás de Cesare.

Cesare se cruzó de brazos y dio un paso hacia ella.

—Eso es todo, Anna Henderson.

La dureza de su tono de voz hizo que ella se fijara de nuevo en su rostro. Al instante, vio que alguien se levantaba del sofá y, tambaleándose, se acercaba a buscar la botella que había sobre el escritorio.

—Uy, lo siento —dijo ella—. No sabía que tenías compañía.

Cesare dio otro paso hacia ella y la miró fijamente. ¿Habría interrumpido un importante acuerdo de negocios? No lo parecía, teniendo en cuenta la cantidad de whisky que aquel extraño se estaba sirviendo en el vaso. Lo que era evidente era que estaba molestando.

—Iré a ayudar a Jas a preparar su bolsa.

—De acuerdo.

Cesare esperó a que se cerrara la puerta.

—¿De qué va todo esto?

—¿El qué?

—Anna.

—Rose... Creo que fue el amor de mi vida. Si Clare no hubiese estado embarazada... Le dije a Rose que, si quería tener al bebé, la ayudaría, aunque quizá fue mejor que lo perdiera.

—¿Estaba embarazada?

—Probablemente fue una falsa alarma.

—¿Y no te molestaste en averiguarlo?

—Rompimos sin mantener contacto. La chica... Esa pelirroja... Supongo que se parece a Rose. Admito que por un instante pensé que esa chica era Rosie.

Cesare apretó los dientes, enojado porque ambos hubieran hecho como si no se conocieran.

—Esa chica es Rosanna Henderson.

Paul miró a su amigo antes de dejarse caer en el sofá de cuero.

—Una coincidencia, pero ella no es mi Rose. Mi Rosie era más alta, más delgada y no tenía pecas. Su piel era lisa como una perla.

Cesare estuvo a punto de salir en defensa de la piel de Anna y se detuvo. ¿Qué estaba diciendo Paul? Estaba borracho, pero no tanto. Por primera vez empezó a pensar que quizá fuera cierto que no se conocían.

—¿Quieres decir que no tuviste una aventura con la mujer que acaba de entrar aquí?

Paul negó con la cabeza y sonrió.

—Pero si se me presenta la oportunidad...

No pudo terminar la frase. De pronto, su amigo lo agarró por el cuello de la camisa y lo arrinconó contra la pared. Él levantó las manos, derramando el whisky.

—Lo siento, no quería decir eso. Debí de acordarme que a ti siempre te han gustado las pelirrojas —soltó una carcajada—. ¿La hija del director? Si esa noche no te hubiera encubierto cuando estábamos en... ¿Sexto? ¿O quinto? Si te hubieran pillado...

Cesare miró a su amigo y negó con la cabeza. ¿Cuánto tiempo llevaba buscando excusas para ese hombre? ¿Cuánto tiempo llevaba tolerando comportamientos que habría condenado en cualquier otra persona? Resopló disgustado y soltó a Paul.

–Eh, amigo, ¿qué diablos te pasa?

–He crecido. Y te sugiero que hagas lo mismo.

La frialdad de su tono de voz hizo que Paul pestañeara.

–Claro, claro, tienes razón. Dime qué tengo que hacer. No puedo vivir sin Clare y los niños...

Cesare negó con la cabeza y se preguntó cuántas veces había respondido a esa pregunta.

–¿Cuántos años tenía Rosie cuando estuviste liado con ella, Paul?

–No lo sé.

–Creo que sí.

–Unos veinte, me parece.

–¿Unos veinte que son diecinueve?

–Era muy madura.

Cesare sintió ganas de golpear a su amigo. Sin embargo, metió las manos en el bolsillo y cruzó la habitación para pulsar el timbre.

–La señora Mack te pedirá un taxi.

Su amigo lo miró atónito.

–¿Me estás echando? ¿No vas a ayudarme? ¿Y qué voy a hacer?

–Te has buscado el problema, Paul, pues resuélvelo –al momento, el ama de llaves entró en la habitación–. Señora Mack, el señor Dane necesita que un taxi lo lleve al pueblo.

Paul estiró la mano y agarró el brazo de su amigo.

–Pero, Cesare... –al ver cómo lo miraba Cesare, retiró la mano.

–Te voy a hacer una sugerencia, Paul... Deja de pensar que la víctima eres tú. No es así. Las víctimas son Clare y los niños. También la chica que has seducido. Ya es hora de que demuestres la valentía que tuviste cuando arriesgaste tu vida buceando en el río para sacarme de aquel coche –llegó a la puerta y se volvió–. Tienes lo que muchos hombres desearían tener. Buena suerte, Paul –añadió–. Eres afortunado. Espero que reacciones y te des cuenta de lo afortunado que eres antes de que sea demasiado tarde.

–¿Y sí ya lo es?

Por primera vez, Cesare oyó verdadero temor en la voz de su amigo.

Capítulo 9

JASMINE había vaciado varios cajones en su dormitorio para buscar el pijama que quería llevarse a casa de su amiga. El contenido estaba en un montón sobre el suelo de la habitación.

Después de haberse despedido de la niña, Anna comenzó a recoger la ropa. Más tarde estiró la colcha y ahuecó los cojines y salió de la habitación. Cerró la puerta y se apoyó en ella suspirando.

En lugar de alegrarse por tener una tarde tranquila, Anna temía la idea de tener tiempo para pensar sin distracciones.

Había decidido que no pensaría sobre el extraño comportamiento de Cesare, pero ¿cómo no iba a hacerlo? Con toda la tarde por delante, ¿qué más podía hacer?

Una vez en su habitación se acercó a la ventana para contemplar las montañas contra el cielo azul. Era evidente que Cesare no había querido presentarle a su invitado. De hecho, casi la había echado de la habitación. ¿Qué pensaba que podía hacer allí?

Enojada, miró hacia la pared con rabia, como habría hecho si Cesare hubiese estado delante. Recordó su piel bronceada y cerró los puños al recordar el tacto de su piel.

Decidió distraerse y se sentó a leer en un sofá. Al cabo de un momento, se abrió la puerta.

Ella dejó el libro y enderezó la espalda para mirar a Cesare.

—Creía que esta ala era privada.

—¿Pretendes que llame a la puerta en mi propia casa? —preguntó él.

—Espero que hagas lo que te apetezca —admitió ella con amargura.

—Si eso fuera cierto, estarías desnuda bajo mi cuerpo.

Anna se quedó boquiabierta al oír el tono de su voz y ver el brillo de su mirada.

—¿Se supone que tu comentario debe excitarme? —si ese era su propósito, ¡lo había conseguido!

—No era mi intención, pero bienvenido sea. Dejando eso a un lado...

Hablaba como si fuera lo más fácil del mundo, y quizá a él se lo pareciera, pero ella se había quedado temblando de deseo.

—Estoy sorprendido —siguió diciendo Cesare.

Anna lo miró a los ojos:

—Y yo asombrada. Pensé que lo sabías todo.

Él respondió con una sonrisa forzada.

—Si tuviste una aventura con Paul Dane, ¿por qué no lo reconociste cuando entraste en la biblioteca y lo viste allí sentado?

Anna empalideció unos instantes y después se sonrojó.

—¿Ese hombre era Paul Dane?

Ella le había dedicado una sonrisa. Apretó los puños. Había sonreído cuando debería haberle pegado un puñetazo. Centró su furia en la persona que le estaba dando la información.

—¿Lo has invitado aquí? ¿Te parece divertido? —se levantó del sofá y él la agarró de los hombros para que se sentara de nuevo.

Cesare se sentó a su lado. La agarró de las manos y se las colocó sobre sus muslos musculosos.

—Suéltame —tenía la oportunidad de decirle a ese hombre lo que pensaba de él y nada ni nadie iba a detenerla.

—En cuanto me cuentes de qué diablos va todo esto —contestó él.

—No pasaré una noche, ni un segundo, bajo el mismo techo que ese hombre —dijo con voz temblorosa.

—No es así —dijo Cesare al ver el dolor que había en su mirada.

—¿El qué? ¿No es un auténtico cretino? —dijo ella y soltó una carcajada llena de amargura—. Está claro que pensamos de manera diferente.

—No está aquí.

Ella tardó unos segundos en contestar.

—Ah. Pero el principio es el mismo.

—No vas a marcharte —dijo él.

—¿Y por qué no? —«nunca hagas una pregunta de

la que no quieras saber la respuesta», pensó temiendo su contestación.

–No puedes dejar a Angel en la estacada. Tienes demasiados principios –sonrió–. Y eres demasiado cabezota.

Una de las cosas que menos le gustaba de ella era su capacidad para luchar hasta el final incluso en las discusiones más insignificantes, pero al mismo tiempo, Anna, le resultaba muy atractiva.

Cualquier hombre sensato habría respondido ante su amenaza de marcharse con un suspiro de alivio, pero también era verdad que un hombre sensato no habría permitido que ella se convirtiera en una obsesión. ¡Cuanto antes se acostara con aquella mujer, antes podría recuperar su vida y su tranquilidad mental! No tenía ni idea de dónde encajaba ella en aquella historia, pero lo más importante era que no había sido la amante de Paul. Sabía lo que no era, pero no quién era.

–No estés tan seguro –murmuró ella, tratando de no inhalar su aroma masculino.

–Ahora dame una explicación.

–¿Cómo? –preguntó ella, tratando de concentrarse a pesar de que él le acariciaba la parte interna de la muñeca con el dedo pulgar.

–Explícame por qué has fingido ser alguien que no eres.

Ella reunió las fuerzas suficientes y retiró las manos. Al ver que él no se las agarraba de nuevo, experimentó cierta desilusión. Colocó las manos sobre su regazo y se movió al otro extremo del sofá.

Cesare continuó mirándola fijamente.

—Soy exactamente quien dije que era... Anna Henderson.

—Nunca has tenido una aventura amorosa con Paul.

Su tono acusador hizo que ella volviera la cabeza con brusquedad.

—O sea, que así piensa el hombre al que comparaban con un bloque de acero. ¡Vaya! Estoy impresionada.

Él arqueó una ceja y comentó:

—A veces, Anna, tus esfuerzos para desviar la conversación me parecen patéticos.

El aburrimiento que denotaba su tono de voz hizo que ella se sonrojara.

—Tan patéticos como tu amnesia selectiva. Nunca dije que hubiera tenido una aventura con él —le recordó—. Eso ha sido tu idea.

—Una idea que no desmentiste —recordó cómo había reaccionado al oír el nombre de Paul—. Es evidente que no conocías a Paul, así que, ¿cómo es posible que reaccionaras de ese modo cuando mencioné su nombre?

—Creo que disfrutas pensando lo peor de mí —dijo ella, recordando las numerosas veces que él la había mirado con desdén. Aunque resultaba más fácil aguantar su desdén que... Bajó la mirada y tragó saliva. Incluso el recuerdo de su mirada ardiente la hacía estremecer.

«Desnuda y bajo mi cuerpo».

Era lo que él le había dicho.

Anna se sentía muy expuesta. Sus emociones amenazaban con aflorar a la superficie y ella trató de mantener el control.

Se sentía culpable por haber experimentado el deseo prohibido. A Rosie siempre había tratado de apoyarla y, por mucho que intentara no juzgarla, se había preguntado cómo era posible que su prima se hubiera enamorado del hombre que le había arruinado la vida. Rosie no era estúpida, era bella e inteligente. Podría salir con el hombre que quisiera, entonces ¿por qué había elegido a uno que pertenecía a otra mujer? ¿Y cómo había creído cada mentira que él le había contado?

A Anna le parecía algo incomprensible, estaba convencida de que ella nunca desearía a alguien inadecuado. Sin embargo, allí estaba, mirando a aquel hombre ardiente de deseo. A diferencia de Rosie, a ella no la habían mentido y, además, pensaba protegerse.

—¿Qué otra cosa podía pensar? Tu nombre... —se fijó en su cabello—. Te vi, tu pelo... —negó con la cabeza—. Es evidente que no eras tú, pero te parecías muchísimo. Eras como la chica que vi con Paul en el restaurante, ¡y no lo desmentiste!

—No tengo derecho a contar su historia. Rosie me pidió que guardara el secreto. Nadie más sabe nada.

—¿Rosie es hermana tuya?

—Como si lo fuera... Es mi prima, pero nos criamos juntas. La tía Jane y el tío George nos adoptaron después de que mis padres sufrieran un accidente. Si hubiésemos sido hermanas de verdad, no podríamos haber estado más unidas.

–No sabía que eras huérfana.

–¿Por qué ibas a saberlo?

–¿Y el nombre?

–Yo me llamo Rosanna y ella Rosemary. A mí me llaman Anna y a ella Rosie. Es la última persona a la que imaginarías teniendo una aventura con un hombre casado.

–¿Y tú qué tienes que ver en todo esto? No estoy juzgando a tu prima. Solo quiero saber los hechos.

Pero Cesare la estaba juzgando a ella. Anna lo había engañado. Se habría reído mientras él... Apretó los dientes. Tenía que dejar de culparla por un error que había cometido él.

–Me has juzgado a mí –dijo ella, como si le hubiera leído el pensamiento. Bajó la vista y trató de ocultar las lágrimas que inundaban su mirada.

Al ver que una lágrima rodaba por su mejilla, él sintió una fuerte presión en el pecho.

–Creía que no te importaba lo que pensara de ti –hacía mucho tiempo que nadie lo retaba tal y como había hecho aquella pelirroja.

–No me importa –se mordió el labio–. Pero no permitiré que ataques a Rosie.

–No estoy buscando un objetivo. Busco explicaciones –trató de controlar su impaciencia–. Mi mejor amigo acaba de venir pidiéndome ayuda y yo lo he echado de casa. Creo que eso me autoriza a tener un poco de información.

–¿Lo has echado? –preguntó ella. No podía imaginar lo que había sucedido para que Cesare actuara de esa manera con el hombre cuya causa había defendido de forma tan vehemente. Un hombre al que él siempre había considerado la víctima.

–Porque ha llegado la hora de romper el círculo, porque soy su amigo, estoy en deuda con él, y nunca podré pagársela.

–¿Te prestó dinero?

–Después de enterarme de que nunca podría volver a conducir de manera profesional, tuve una época en mi vida en la que... –bajó la vista y esbozó una sonrisa–. Digamos que la adrenalina es adictiva y me hizo correr ciertos riesgos. Ese día me entregaron un coche nuevo y... ¿Qué intentaba demostrar?

Anna tenía la sensación de que él estaba hablando consigo mismo y no con ella.

–En cualquier caso, tomé demasiado rápido una curva cerrada y me caí a un río. Me golpeé la cabeza y me quedé inconsciente.

El golpe en la cabeza le provocó una hemorragia en el cerebro y tuvo que someterse a una operación para aliviar la tensión. Él se percató de cómo había afectado a su familia lo que había hecho cuando Angel le contó que los médicos no habían podido confirmarles que no tendría ningún daño cerebral permanente hasta que no despertó del coma.

Anna se cubrió el vientre con la mano y tragó saliva. Su reacción ante la historia era puramente física.

—Pero te salvaste.

—Resulta que Paul venía siguiéndome. Habíamos sido amigos durante el colegio, pero habíamos perdido el contacto y avanzado en direcciones distintas. Si la noche anterior no nos hubiéramos encontrado en el casino, ¿quién sabe lo que habría pasado? Cuando vio el accidente, no dudó un instante. Buceó y me sacó del coche.

Anna suspiró y dijo:

—Fue muy valiente.

—Creía que era un monstruo —bromeó él mirándola a los ojos.

—Un monstruo no, solo cruel y egoísta, pero incluso los monstruos son capaces de hacer actos de valentía en ocasiones. Tu amigo te salvó la vida, pero casi acaba con la de Rosie.

Cesare arqueó la ceja.

—¿No te parece un poco dramático? Los corazones rotos rara vez son mortales.

Sus palabras burlonas provocaron que ella contestara sin pensar:

—Pueden serlo si una botella de calmantes y media botella de vodka están por medio.

—¿Tu prima intentó quitarse la vida?

Arrepintiéndose de sus palabras, Anna comentó:

—No debería haber dicho nada. Nadie lo sabe. Ni siquiera sus padres.

Anna hablaba como si creyera posible que él fuera a contar los secretos de su prima. Cesare no se dio por ofendido y apartó la mirada de la mano temblorosa que, de algún modo, se había colado entre las suyas.

¿Cómo había sucedido?

Cuando ella cerró el puño entre sus dedos, Cesare se percató de que se le formaba un nudo en el estómago. Decidió que era a causa de la rabia que sentía por el hecho de que la prima mayor de Anna la hubiera hecho cargar con aquel secreto. Era cierto que Rosie era muy joven en aquellos tiempos, pero Anna mucho más.

Ella continuó mirándolo a los ojos, pero Cesare tenía la sensación de que no era a él a quien veía cuando comenzó a recitarle una historia que suponía nunca le había contado a nadie.

–Yo todavía vivía en casa. Rosie ya tenía su primer piso y yo sentía mucha envidia –recordó con una triste sonrisa–. Yo había quedado en ir esa noche para recoger unos... –negó con la cabeza y miró a Cesare de reojo–. Eso no importa, pero ella se olvidó de que yo iba a pasar por allí y... –al recordar la escena le tembló la voz. Las pastillas esparcidas por la mesa, el vodka derramado... El ambiente olía a agrio... Rosie había vomitado y, al parecer, eso había evitado que sufriera daños más graves.

Rosie le contó toda la historia en el hospital, mientras esperaban a que el psiquiatra le pasara consulta antes de que le dieran el alta. Rosie sabía que lo que había hecho no estaba bien porque, aunque se amaban, él era un hombre casado. A menudo le decía que la quería y era maravilloso.

Al final resultó que el hombre maravilloso descubrió que no podía abandonar a su esposa, que estaba embarazada de su primer hijo. Una semana más tarde, Rosie descubrió que ella también lo estaba.

—Cuando perdió el bebé...

Al ver que él inhalaba con fuerza, ella volvió la cabeza.

—¿Es verdad que tu prima estaba embarazada de Paul? Él dijo...

Anna frunció el ceño.

—Lo descubrió justo después de que él la dejara. Y pensaba que él no la había creído. Más tarde le mandó un mensaje de texto diciéndole que lo había perdido, sin más detalles.

Cesare se mordió la lengua para no interrumpirla.

—Creo que Rosie pensaba que el aborto fue su castigo por haber pensado en interrumpir su embarazo voluntariamente. Si al menos se lo hubiese contado a alguien... Estaba demasiado avergonzada como para contárselo a sus padres. Creía que era su culpa. Todavía lo amaba.

Cesare se percató del dolor que había en su tono de voz y se preguntó cómo había podido pensar que ella había sido capaz de haber hecho todo aquello de lo que la acusaba.

—Ella perdió el bebé. Estaba sola y después regresó al piso.

–¿Y fue entonces cuando intentó quitarse la vida? –él siempre había considerado que la víctima era Paul.

Anna asintió, incapaz de mirarlo mientras trataba de controlar sus emociones. Lo oyó blasfemar.

–Yo tenía una llave y entré. Había píldoras sobre la mesa y una botella de alcohol. Por suerte, había vomitado. En el hospital dijeron que si hubiese llegado un poco más tarde... –cerró los ojos y se cubrió el rostro con las manos. De pronto, oyó pasos sobre el suelo de madera.

–Bebe esto.

Anna abrió los ojos y arrugó la nariz al oler el contenido del vaso que él le había dado.

–No bebo alcohol –dijo ella.

–Te sentirás mejor.

–Eres un mandón –agarró el vaso y probó un sorbo–. Es horrible –se quejó–. Fue hace mucho tiempo.

–Buena chica –comentó, y se sentó de nuevo. Era evidente que el recuerdo de lo que le pasó a su tía había afectado a Anna.

Anna se atragantó una pizca.

–Es lo más bonito que me has dicho nunca –pestañeó al sentir que se le llenaban los ojos de lágrimas. No quería que él se marchara con la idea de que ella estaba esperando un halago.

–Despacio –le advirtió Cesare, tocando el vaso que ella había vuelto a llevarse a los labios.

Ella asintió.

—¿Y cómo se lo tomaron los padres de tu prima cuando lo descubrieron? —si él hubiese sido su padre, habría ido a buscar al hombre responsable. Por supuesto, si la chica había estado tan callada como Angel, no habría resultado fácil. Al menos Angel, había acudido a él. Y siempre le estaría agradecido.

—Nunca lo hicieron... Ella no se lo dijo y me hizo prometer que guardaría el secreto. Supongo que, aparte de Scott, soy la única persona que lo sabe.

Él se puso tenso al oír el nombre.

—¿Scott? —un hombre con el que tenía bastante confianza como para contarle los secretos de su prima.

—Su marido —dijo ella.

Él sintió un alivio tan profundo que todo su cuerpo se relajó.

—Rosie se casó el año pasado. Scott es canadiense y se han ido a vivir a Toronto. La tía Jane y el tío George han ido allí para estar con ella cuando naciera el bebé. Es una niña, se llama Annie y nació ayer.

Cesare tragó saliva y trató de aceptar el sentimiento de celos que había provocado que se anticipara a la hora de juzgarla. Desde un principio, había reaccionado ante ella de una manera muy diferente a como reaccionaba ante cualquier otra mujer, de una manera totalmente desproporcionada, incluso aunque hubiese sido la mujer que él había querido creer que era. Necesitaba creer que ella carecía de principios morales. Que era el tipo de mujer con la que cualquier hombre sensato evitaría tener una relación.

Eso, al menos, no había cambiado. Cesare debía controlar sus sentimientos hacia las mujeres y mantener sus emociones separadas del sexo. La capacidad de marcharse sin sentir arrepentimiento era muy importante para él. Era por eso por lo que solo mantenía relaciones con mujeres a las que no podía herir, mujeres que conocían el juego, mujeres que no podían hacerle daño. «¡Cielos! Soy el rey de lo superficial», pensó disgustado.

Pero así era él.

Anna Henderson era todo lo que él evitaba en una mujer, no era el tipo de amante a quien una pulsera de diamantes le calmaría el sufrimiento de una separación. Anna Henderson había desempeñado el papel de una mujer que se implicaba emocionalmente en una relación sexual porque no estaba actuando. Era el tipo de mujer a la que él no se acercaría nunca.

Y le resultaría más fácil si pudiera dejar de pensar en sus maravillosas piernas enrolladas alrededor de su cuerpo. Cesare se aclaró la garganta.

—Así que la historia tiene un final feliz —al menos para la víctima a la que él se había empeñado en culpar. Sospechaba que el trauma de ver a su prima al borde de la desesperación por culpa de un hombre había marcado a Anna.

Los hombres tendrían que esforzarse para ganarse su confianza. Otros, pero no él.

De pronto, pensó que lo que pasaba era que Anna era una mujer virgen asustada por sus propios impulsos sexuales. ¡Estaba claro! Había tenido docenas de pistas. ¿Cómo no se había dado cuenta hasta entonces?

Abrió los puños y sujetó a Anna por la barbilla para que lo mirara.

—Nunca has tenido un amante —a pesar de su esfuerzo, no fue capaz de evitar un tono acusador.

Ella retiró la cabeza con brusquedad. Él la miraba como si fuera un monstruo.

Anna se aclaró la garganta y comentó con amargura:

—No te preocupes, no es contagioso.

—¿Y por qué diablos no has dicho nada?

—¡No comprendo cómo podría afectar mi frigidez a mi capacidad para desempeñar mi trabajo!

—Yo no soy tu jefe. Siempre me lo recuerdas y... —respiró hondo y la miró—. ¡Y tú no pareces nada frígida! —soltó él.

El comentario provocó que todos los sentimientos de Anna se evaporaran de golpe. Ella suspiró y separó los labios.

Sonrojada, bajó la mirada y escuchó todo tipo de blasfemias en dos idiomas.

Después, se hizo el silencio.

Capítulo 10

ANNA aguantó hasta la una de la madrugada dando vueltas en la cama y recordando la conversación en su cabeza. Después, encendió la lámpara de la mesilla, se puso unas zapatillas y se dirigió al salón de Angel.

Encendió la televisión para sentirse acompañada y entró en la cocina para calentarse un poco de leche. Al verse reflejada en la puerta de un armario, puso una mueca. Había dormido mal varias noches y tenía ojeras.

Regresó con la taza al salón y se acurrucó en el sofá. En la televisión había un programa en el que se mostraba el miedo que pasaban algunas personas al ver cómo un paracaidista abría el paracaídas en el último minuto. El grito de júbilo que pronunciaron al ver que había conseguido abrirlo fue imitado por el trío de presentadores que estaba sentado en el estudio.

–Un merecido cuarto puesto, estoy seguro que están de acuerdo. Y, ahora, el superviviente que ha recibido el tercer puesto por los espectadores es...

Anna no quería saberlo. Agarró el mando y puso una mueca al pensar en la naturaleza del programa.

¿Cuánto tiempo pasaría antes de que mostraran algún accidente mortal?

Decidió cambiar de canal, pero presionó el botón equivocado. El volumen subió de golpe justo en el momento en que el presentador decía:

–Cesare Urquart. ¿Quién de nosotros ha olvidado el famoso accidente que terminó con su carrera de piloto profesional?

Anna se quedó de piedra al oír el sonido de los coches derrapando bajo la lluvia. Un segundo más tarde, la imagen se transformó en un infierno mojado cuando un coche se puso a dos ruedas y provocó que el que iba detrás chocara con él. El segundo coche saltó por los aires y cayó boca abajo. Justo cuando Anna recuperaba la respiración, otros coches chocaron contra él. Uno tras otro hasta que no quedó nada más que un montón de metal retorcido. Después, increíblemente, apareció un hombre de entre los hierros. Dio unos pasos y se quitó el casco, desplomándose en el suelo justo cuando se producía una explosión formando una bola de fuego. Los vehículos de emergencia aparecieron en el lugar y la cámara no volvió a enfocar al hombre hasta que no estaba tumbado en una camilla. Anna no podía apartar la mirada del rastro de sangre que fue dejando su mano.

El presentador estaba hablando de nuevo y el sonido de su voz reverberaba en las paredes de la habitación, pero Anna no podía escuchar lo que decía. Tenía los ojos pegados a la pantalla. Ni siquiera podía pestañear al recordar el accidente.

Fue la manera en que alguien golpeaba la puerta lo que hizo que dejara de mirar a la pantalla. Estaba negando con la cabeza justo cuando Cesare entró en la habitación. Llevaba la misma ropa que antes y la barba incipiente cubría su mentón.

—¿Qué diablos pasa aquí? Has despertado a media casa.

Exageraba. Puesto que las paredes eran muy gruesas, era prácticamente imposible que nadie, excepto él, hubiera oído el ruido que emanaba del apartamento.

Tras el silencio de las tres horas anteriores, él se sorprendió al ver que ella estaba allí sentada y que no había sido víctima de ningún accidente. Su preocupación se convirtió en rabia.

Ella no contestó y volvió a mirar a la pantalla. Al ver lo que retransmitían, él frunció el ceño al reconocer el programa que había hecho enojar a su hermana unos meses antes.

Blasfemó en silencio, se acercó a la pared y desenchufó el televisor.

Después del ruido ensordecedor, el silencio se hizo muy intenso. Anna podía oír el latido de su propio corazón.

—¿Para qué estás viendo esa basura? —preguntó mirando la hora en su reloj de plata—. Es la una y media de la mañana. ¿Por qué no estás durmiendo?

—¿Y por qué no estás durmiendo tú? —se rio. Cesare siempre la culpaba de algo que no había hecho.

—¿Qué es lo que te parece tan divertido? —había

estado tres horas tratando de contenerse para no atravesar esa puerta.

Una vez que lo había hecho, la pregunta era si sería capaz de salir de allí. ¿Y querría hacerlo?

Era una pregunta ridícula, por supuesto que no quería salir de allí, pero un hombre no siempre podía tener lo que deseaba. Ni aunque estuviera a su alcance.

Ella percibió su rabia, pero no le importó. Era la prueba de que él estaba vivo, y que ella también. Un hecho que debían celebrar. Cesare estaba allí y, sin embargo, había estado a punto de no poder estar. Era un milagro. La vida era muy frágil. Anna nunca se había percatado de cómo de frágil era hasta ese momento.

Había tenido que ver cómo Cesare había estado a punto de morir para darse cuenta de que no solo lo deseaba, sino que, de algún modo, se había enamorado de él.

—¿Me has oído? Es la una y media de la mañana.

Consciente de que se estaba repitiendo, bajó la mirada y se fijó en cómo el cuello de su camisón caía sobre uno de sus hombros. Incapaz de detenerse, continuó deslizando la mirada sobre su cuerpo, fijándose en sus bonitas piernas. Imaginó que metía la mano bajo la tela y le acariciaba el trasero redondeado antes de quitarle la camiseta y contemplar las sinuosas curvas de su cuerpo.

Apretó los dientes, tragó saliva y posó de nuevo la mirada sobre su rostro. No llevaba maquillaje, estaba despeinada y tenía ojeras. Nada excitante para un hombre que esperaba que las mujeres que compartieran su cama tuvieran un aspecto perfecto. Pero no era así. De algún modo, su aspecto era mucho más sexy y arrebatador que el de cualquier mujer.

Anna se puso en pie y le preguntó:

—¿Por qué querías hacer eso? —la vida ya era lo bastante peligrosa como para dedicarse a una profesión de riesgo.

—¿El qué? —su camisón era corto. Muy corto.

Distraído, Cesaré no reparó en la expresión de Anna hasta que ella no lo tocó, dándole un puñetazo en el centro de su pecho. Para ser tan pequeña, tenía mucha fuerza.

—¿Qué...? —la agarró por la muñecas antes de que pudiera darle otro puñetazo.

Ella forcejeó unos segundos antes de derrumbarse contra su pecho sin avisar y gimoteó con fuerza.

Cesare no sabía qué hacer. Estaba acostumbrado a saber lo que tenía que hacer desde los catorce años y, desde entonces, no había tenido un segundo de indecisión. Se fijó en su cabello rojizo y dijo:

—No pretendía gritar.

Ella levantó la cabeza y dio un paso atrás.

—Supongo que tampoco pretendías matarte —repuso ella, mirando al televisor apagado.

—Ah, eso —Cesare dejó de pensar en el sexo y se centró en la conversación que había mantenido durante años. Aquella no era la primera vez que tenía que defender su profesión—. Según las estadísticas, la Fórmula Uno es extremadamente segura. Sin embargo, si quieres hablar de algo peligroso, la equitación es... Quiero decir que mañana podría morirme al cruzar la calle.

—Es un argumento muy original.

Él frunció los labios.

—Lo siento si me he pasado, pero no he dormido muy bien. Cuando era pequeña, sufrí un accidente de coche.

—¿Tienes pesadillas? —los médicos le habían advertido que era posible que él las tuviera, pero nunca las había tenido.

Anna negó con la cabeza.

—No, no lo recuerdo, pero mis padres fallecieron en él y supongo que la idea de que alguien... —se encogió de hombros—. Supongo que al verlo me he puesto nerviosa. Pero es tu elección. No tengo derecho a hablarte así.

—Siento lo de tus padres.

Él parecía sincero y, al mirarlo a los ojos, Anna vio que hablaba de verdad. Sintió que el deseo se apoderaba de ella y miró a otro lado antes de dirigirse a uno de los sofás y sentarse en él.

—Tú también perdiste a tus padres.

Él se colocó tras el respaldo del sofá de enfrente y Anna se fijó en sus dedos, preguntándose cómo sería sentirlos sobre su piel.

—Mi madre todavía está viva.

—Ah, sí. Me había olvidado. ¿Vive en Italia?

—Mi madre no vive mucho tiempo en ningún lugar —sonrió un instante—. Tiene el umbral del aburrimiento muy bajo.

Anna recordó que Angel había empleado las mismas palabras.

—Debiste de echar de menos a tu padre después del divorcio.

El ama de llaves solía guardar los secretos familiares como si fueran las joyas de la corona pero, en algún momento, le había contado que Cesare tenía nueve años cuando sus padres se separaron.

—Mi madre tenía la custodia, pero mi padre nos tenía durante las vacaciones.

—Debe de ser muy difícil para una mujer estar alejada de sus hijos.

—Mi madre nunca tuvo mucho tiempo para sus hijos. Solo se quedó con nosotros porque sabía que nuestro padre quería hacer lo mismo. Nunca le importó lo que nosotros deseábamos. Cuando éramos pequeños, nos trataba como si fuéramos accesorios de moda, y cuando crecimos nos convertimos en una molestia. Sin embargo, al contrario que Angel, yo no le hacía la competencia —se calló y Anna vio sorpresa en su mirada.

Él se percató de que lo miraba con lástima y puso una mueca. No le gustaba que sintieran lástima por él.

Anna casi pudo oír cómo Cesare erigía sus barreras de defensa.

—Te dejaré dormir —dijo él, pero permaneció en el mismo sitio.

–Estoy despierta. Tenías razón, nunca se sabe cuándo va a suceder. Mañana podría atropellarme un autobús.

–No creo.

–Pero podría ser. ¿Quizá sea una buena idea que vivas cada día como si fuera el último?

–No he dicho eso, y no vas a morir mañana.

–Pero, si lo hiciera –lo miró con ojos entornados–, sería virgen –respiró hondo y alzó la barbilla para mirarlo fijamente–. No quiero morir virgen, Cesare.

–Me parece improbable que eso ocurra –comentó él. Pasaron los segundos y Cesare sintió que cada vez le costaba más mantener el control–. Anna –le advirtió al ver que se levantaba del sofá–. Quédate ahí, no...

Ella no se detuvo y continuó avanzando hasta donde estaba él.

–Esto es muy mala idea. No soy el tipo de hombre...

–Sé qué tipo de hombre eres, Cesare –le dijo, sorprendida por lo calmada que parecía. Por dentro era otra cosa. No podía creer que le estuviera diciendo todo aquello.

Cesare era lo opuesto a lo que ella encontraba atractivo en un hombre. Ni siquiera le gustaba, pero se había enamorado de él.

–Soy virgen, no estúpida. Tranquilo, no voy a pedirte que te cases conmigo. No quiero tu alma ni... Solo acuéstate conmigo –se mordió el labio inferior–. Si te apetece.

«¿Apetecerme?», pensó él mientras un fuerte deseo lo invadía por dentro. En otras circunstancias se habría reído, pero ni siquiera era capaz de poner una sonrisa irónica. Estaba tenso y necesitaba toda su fuerza de voluntad para no darle lo que ella suplicaba. Aquella era la fantasía de muchos hombres, pero no la suya.

—No es una cuestión de querer o no, Anna —contestó a pesar de que la deseaba con una intensidad que no había sentido en mucho tiempo.

Anna negó con la cabeza y pestañeó.

—Está bien, olvida lo que he dicho.

Más tarde, él se convenció de que la sombra de la incertidumbre que había visto en la mirada de sus ojos azules era lo que lo había destrozado.

Se imaginó con ella en la cama. La miró a los ojos, dio un paso hacia ella y la sujetó por la cadera mientras le acariciaba la mejilla. Percibió que estaba temblando.

Anna se fijó en que su mirada se oscurecía antes de que él la estrechara contra su cuerpo, demostrándole lo mucho que la deseaba.

—¿Estás segura? —si ella contestaba que no, tendría que pasar la noche bajo una ducha de agua fría.

—Completamente —susurró ella.

Arqueó el cuerpo hacia él y le rodeó el cuello con los brazos. Él deslizó las manos por su espalda y le sujetó el trasero redondeado, besándola en el cuello antes de levantarla para que sus ojos quedaran al mismo nivel.

Anna empezó a respirar de forma acelerada y entrelazó las piernas alrededor de la cintura de Cesare. Su fortaleza masculina, y el hecho de que la hubiera levantado como si fuera una pluma, le resultó tremendamente excitante.

—¿Estás segura de que nunca has hecho esto antes?

La besó antes de que pudiera contestar y ella gimió de placer. Asombrada por la pasión que se había despertado en ella, lo besó también e introdujo la lengua en su boca. Notó que el deseo que la invadía se intensificaba y sintió un fuerte calor húmedo en la entrepierna. Lo deseaba con locura, pero el espectro de aquella mujer rubia con la que lo había visto la hacía contenerse.

—Espero que me hagas ciertas concesiones, Cesare —susurró contra sus labios—. No soy...

Su manera de susurrar terminó con su capacidad de racionalizar. Sin soltarla, se dirigió hacia la puerta.

—Eres muy sexy, bruja pelirroja. No he sido capaz de concentrarme desde que te vi la primera vez.

—¿Lo soy?

Su respuesta fue un beso apasionado.

—¿Puedes saborear cuánto te deseo?

—Tienes un sabor delicioso —cerró los ojos y lo besó en la boca una y otra vez.

Cuando los abrió, se percató de que no estaban ni en el salón ni en el dormitorio.

—¿Dónde...? —preguntó ella mientras él abría una puerta con el pie.

–Te he imaginado en mi cama desde el momento en que te vi.

–Yo te imaginaba desnudo –admitió ella.

–Parece que esta será la noche en la que nuestros deseos se convertirán en realidad, *cara*.

Anna se agarró con fuerza mientras él la subía por la escalera que ella había recorrido hacía bien poco.

La puerta de su dormitorio estaba abierta. La habitación estaba iluminada por una única lámpara que estaba sobre una mesa junto a la ventana.

Cesare la llevó directamente a la cama con dosel que dominaba la habitación. Anna no fue capaz de mirar ni la decoración. Solo tenía ojos para él. Sin dejar de mirarla, Cesare la tumbó sobre la cama, apartando unos cojines con la mano mientras se arrodillaba sobre ella.

Le acarició la mejilla, extendió su cabello rizado sobre la cama y la besó despacio.

Ella gimió cuando retiró la cabeza. Estaba ardiendo de deseo.

–Así es como la gente que no está loca se queda embarazada –dijo sin pensar.

Él la sujetó por la barbilla y contestó:

–No permitiré que eso te suceda a ti. Relájate. Yo me ocuparé del resto.

Anna no tuvo que esforzarse mucho en hacer lo que él le decía porque, curiosamente, confiaba en el hombre al que había odiado desde el primer día. En algún momento, entre tanto odio, se había enamorado de él.

Las palabras que sabía que no podía pronunciar estaban en su cabeza. Le sujetó el rostro con las manos y lo besó.

–Sé que lo harás, pero necesito... No dejes de tocarme, Cesare –le suplicó–. De verdad, necesito...

–Dímelo –insistió él.

–Te necesito –comenzó a desabrocharle la camisa para dejar al descubierto su vientre musculoso y su torso cubierto de vello varonil. Su piel era como la seda. Ella lo acarició despacio, disfrutando de su primera experiencia sexual. Al sentir el poderío de su feminidad, Cesare respiró hondo y resopló.

Ella estaba desabrochándole el cinturón de los pantalones cuando él le agarró la mano. Después, le agarró la otra y se las colocó sobre la cabeza.

Solo permaneció sobe ella unos instantes, pero Anna tuvo tiempo de darse cuenta de que la rendición le resultaba muy excitante.

Confiar en otra persona lo suficiente como para cederle el control era tremendamente excitante. Antes de que pudiera explorar las diversas posibilidades de su descubrimiento, se encontró tumbada junto a él.

Cesare metió la mano bajo la tela de su camisón y comenzó a acariciarle el muslo y el trasero. Ella cerró los ojos y disfrutó de sus caricias. Él sabía dónde y cómo acariciarla, y ella pensó que no podría soportarlo más. Fue entonces cuando se percató de que estaba desnuda.

–Eres perfecta.

Anna se relajó. Lo era. Podría ser todo aquello que él dijera, lo que él deseara.

Cesare no podía dejar de mirarla. Era todo lo que había imaginado y más. Le acarició un pecho y supo que corría el riesgo de perder el control. El simple gesto de introducir su pezón en la boca y observar la expresión de su rostro mientras lo hacía era más erótico y excitante que cualquier otra cosa de las que recordaba. Durante mucho tiempo, había considerado el sexo como un ejercicio, algo que se le daba bien, con todos los movimientos planeados. Era capaz de contenerse, de predecir la reacción de su compañera, y siempre le resultaba satisfactorio porque dominaba cada movimiento y siempre elegía parejas expertas.

Anna era una mujer guapa, pero aquello nada tenía que ver con la perfección, sino con un sentimiento visceral y genuino. Retiró la boca y le acarició el pecho con el dedo para después cubrírselo con los labios y juguetear sobre él con la lengua. Ella gimió de placer. Aquello no era algo planeado. Era algo sincero y precipitado. ¡Cesare había descubierto el caos y le encantaba!

Incluso en medio del caos, él fue capaz de recordar que para Anna era la primera vez y que era su deber conseguir que la experiencia fuera buena. Era difícil. ¿Cómo se suponía que un hombre iba a contenerse cuando sus manos y su boca se deslizaban por todo el cuerpo?

Cuando le acarició el vientre, Anna apenas pudo soportarlo. Él le separó las piernas y la acarició. Con el primer roce, ella se puso tensa.

Después se relajó al ver que él le guiaba la mano sobre su cuerpo para que lo sintiera y se desabrochaba los pantalones para que ella tuviera acceso a su miembro erecto.

—Oh, sí...

—Estupendo —dijo él, besándola mientras deslizaba la mano entre sus piernas—. Así es —la felicitó mientras ella las separaba para él.

Cesare encontró el centro de la feminidad y se lo acarició con el dedo hasta que a ella le costaba respirar y protestó.

—No puedo hacer esto.

—Sí puedes, *cara* —le prometió él, retirándose para quitarse los pantalones. Después, desnudo, se tumbó sobre ella—. Eres estupenda.

Ella lo miró tratando de no fijarse demasiado en su erección. Él era perfecto y, evidentemente, estaba bien dotado.

—¿Lo soy? —le agarró el miembro y provocó que él gimiera—. Ah, sí, lo soy.

Cuando Cesare introdujo un dedo en su cuerpo, ella gimió de manera feroz. Desesperada, Anna lo acarició. Cesare le estaba susurrando palabras sexy al oído. No importaba que no comprendiera el italiano, el sonido hipnótico tenía un efecto hipnótico.

La sensación de tranquilidad perduró hasta que Cesare la penetró. El dolor que sintió mientras él se acomodaba en su interior fue mucho menor de lo que ella había anticipado. Le encantaba sentir su miembro erecto en su interior. Entonces, mientras él la penetraba poco a poco Anna comenzó a moverse con desesperación para albergar todo su miembro en su interior.

—¡Más! —exclamó arqueándose contra él y clavándole las uñas en los hombros.

El final llegó tan de golpe que ella pensó que iba a desmayarse. Pero no fue así, al sentir que él se liberaba en el interior de su cuerpo, experimentó una sensación desconocida, como si hubiese alcanzado las estrellas.

—Bueno, es evidente por qué eras virgen. Tal y como dijo ese hombre, eres frígida.

Anna abrió un ojo y se desperezó.

—Me estoy riendo por dentro —de hecho notaba músculos que ni siquiera sabía que tenía.

Él le acarició el cuerpo.

—¿Cuál es la historia? Seguro que han pasado hombres por tu vida.

Anna se incorporó y se apoyó en un codo, sintiéndose tremendamente cómoda estando desnuda ante su interesada mirada.

—¿Nunca habías visto a una mujer desnuda?

—Nunca te había visto desnuda a ti. Santo cielo, Anna, ¿en qué pensaban los hombres que han pasado por tu vida?

¿Cómo era posible que aquella criatura sensual fuera virgen? Era como si hubiese estado dormida como sucedía en los cuentos de hadas. Pero él no era un príncipe.

—¿Sabes que esto no ha sido nada más que sexo?

—Te mencioné que había tenido una relación romántica. Pues estuve comprometida —el dejó la mano quieta sobre su trasero—. Nos emparejamos a través del ordenador. Era una relación célibe, más bien un encuentro de mentes, pero él me respetaba —se rio—. Aunque resultó que no me respetaba tanto como respetaba a la modelo de lencería con la que huyó una semana antes de la boda.

—¡Salió perdiendo!

Anna se tumbó de espaldas, su comentario había curado las heridas que el rechazo había provocado en su orgullo.

—Me gusta pensar lo mismo.

—Su pérdida, mi ganancia —la miró fijamente y se detuvo cuando estaba a punto de acariciarle los senos—. ¿Sabes que...?

—¿Que me quieres por mi cuerpo? No hay problema. Yo te quiero por el tuyo —mintió con facilidad. Habría hecho cualquier cosa para que aquello durara un poco más.

Capítulo 11

DOS SEMANAS más tarde, la mentira resultó mucho más difícil.

Durante ese periodo las relaciones sexuales habían sido increíbles, pero Anna se torturaba con la idea de que Cesare terminaría cansándose, y estaba continuamente pendiente de cualquier indicio, decidida a saltar antes de que la empujaran.

De ese modo, ella se quedaría con recuerdos y un poco de orgullo. La decisión la hacía sentirse madura y en control de la situación.

Al final, no estaba preparada para nada. Anna no anticipó el final hasta que no se lo ofrecieron en su propia cama, brillante y reluciente en forma de diamantes. Su reacción no fue ni madura ni controlada.

–Te echo mucho de menos cuando no estás. Ojalá... Me encantaría... Amor...

Mientras asimilaba las palabras que ella había pronunciado medio dormida, Cesare experimentó un instante de pánico, seguido por un auténtico rechazo.

Él ni siquiera habría oído aquella confesión si no hubiese estado demasiado cansado para mover a Anna después de una sesión de sexo salvaje. Sin embargo, lo había hecho mientras se separaba de su cuerpo. Durante las pasadas semanas las relaciones sexuales que habían mantenido no se parecían a nada que él hubiera experimentado antes, pero solo era sexo. Y ella lo sabía. Al sentir que lo invadía el resentimiento, la miró mientras dormía con una mezcla de emociones. Rabia, fascinación, atracción...

Y, ajena a lo que pasaba, ella permanecía acurrucada con la cabeza apoyada sobre su hombro. En parte, por cobardía, deseaba ignorar lo que había oído. Sus palabras inocentes no suponían un problema, pero sí la respuesta que ellas requerían.

Él no la echaba de menos.

Echar de menos implicaba necesitar, y Cesare no necesitaba a nadie.

La noche anterior había sido increíble, así que, cuando ella despertó y vio a Cesare completamente vestido anunciándole que pasaría en Londres el resto de la semana, Anna no supo cómo responder.

Se cubrió con la sábana hasta la barbilla y trató de aparentar que estaría bien sin verlo durante los cinco días siguientes.

—No lo sabía —tartamudeó y se apartó un mechón de pelo de la cara, miró el reloj y vio que solo eran las cinco de la mañana—. Te prepararé un café.

Él negó con la cabeza. Su tartamudeo siempre hacía que se derritiera por dentro.

—No, estoy bien.

Ella frunció el ceño. Él no tenía buen aspecto ni sonaba bien. «Distante» fue la palabra que le vino a la cabeza cuando lo miró.

—¿Angel regresa el martes?

Ella asintió.

—No sé si lo habéis hablado, pero es evidente que vosotras tenéis que decidir cuándo te marchas —vio el dolor reflejado en su mirada y se convenció de que estaba haciendo lo correcto.

No podía ofrecerle lo que ella deseaba.

—Pero si no te veo...

Otro hombre se lo daría.

Cesare cerró los ojos furioso e invadido por los celos, se aclaró la garganta y metió la mano en el bolsillo.

—Si no te veo antes...

Ella frunció el ceño. Al principio, Anna no se percató de qué era lo que él había tirado sobre la cama. Después, cuando lo reconoció, se quedó de piedra.

—¿Qué es esto? —preguntó mirando el brazalete de diamantes que sujetaba entre los dedos.

—¿No te gusta? —se encogió de hombros—. No

pasa nada, puedes devolverla y cambiarla por algo que te guste más.

¿No pasaba nada? ¿No importaba que la tratara como a una prostituta a la que pagaba por sus servicios? Inundada por una mezcla de emociones, Anna suspiró despacio y se puso en pie. Estaba desnuda y temblaba con furia.

Se dirigió hacia él, fulminándolo con la mirada.

Incapaz de mantener el contacto ocular, Cesare bajó la vista, acariciando con su mirada cada parte de su cuerpo. Ella era la representación de sus fantasías más oscuras.

–¿Y si prefiriera el dinero? –lo retó ella.

–No seas estúpida –dijo él, frunciendo el ceño.

–¿Por qué estúpida? –preguntó ella–. ¿Esto no es el pago por los servicios prestados? –dijo con tono de disgusto mientras miraba el brazalete.

Él blasfemó y se preguntó si algún día sería capaz de apreciar la ironía; era la única vez en su vida que se había sentido impulsado a entrar en una joyería porque había visto una pieza en el escaparate que había hecho que pensara en ella.

–No te comportes como una prostituta. No eres así –apretó los dientes y trató de calmarse–. Si no te gusta...

–Si a ti no te gusta que actúe como una prostituta, ¡no me trates como a una de ellas! –gritó ella, tirándole el brazalete.

Sin dejar de mirarla, él estiró la mano y alcanzó el proyectil.

–¡Lo odio y te odio! ¿Cómo te atreves a insultarme con un horrible brazalete? Si te has aburrido, dímelo, no pasa nada, ¡pero no te atrevas a sobornarme!

Cesare apretó los dientes, dejó caer el brazalete y se pasó la mano por el cabello.

Aquello no iba bien.

Ella se estaba comportando de manera irracional y sentimental. Era todo lo que él odiaba y, sin embargo, deseaba abrazarla y llevarla a la cama.

Era Anna.

–No puedo hacerlo.

Anna pestañeó para contener las lágrimas.

–Oh, sí que puedes. Has tenido mucha práctica. Esta es la primera vez para mí.

¿Creía que necesitaba que se lo recordaran?

–Así que lo siento si me estoy comportando como un ser humano –llorando, se tumbó boca abajo sobre la cama.

A Anna le pareció que él le acariciaba el cabello, pero debió de habérselo imaginado porque, más tarde, cuando se dio la vuelta, la habitación estaba vacía y ella tenía los ojos hinchados y enrojecidos.

Anna, con los ojos hinchados de tanto llorar, trató de olvidar la monumental pelea que había tenido con Cesare y trató de concentrarse en lo que decía Angel.

–¿A qué hora es tu vuelo mañana?

Al día siguiente ya no la necesitarían y Cesare había continuado con su vida. Era lo que ella había anticipado, pero él podía haber esperado a que hiciera las maletas, podía haberse quedado para decirle adiós.

–¿Cesare está por ahí?

Anna negó con la cabeza y, al recordar que Angel no podía verla, contestó:

–No –lo observó en la pantalla, caminando por la alfombra roja y llamando la atención de la presentadora que, en lugar de entrevistar a los famosos de Hollywood, aprovechó la excusa de que él iba acompañado de una aristócrata para acorralarlo con el micrófono y tocarle el brazo repetidamente.

Cesare contestó con un monosílabo a las numerosas preguntas, pero no pareció desanimarla.

–Pues vaya.

–¿Supongo que no tendrás tu pasaporte ahí?

–Creo que sí –contestó Anna.

La aristócrata se conformó con mantenerse al margen y observar cómo la entrevistadora coqueteaba con él. ¿Y por qué no iba a hacerlo? Podía permitirse sonreír, ya que sabía que de puertas para dentro él era todo suyo.

Anna descubrió que los celos no eran solo un sentimiento, sino que también implicaban dolor físico.

–Eso es estupendo –dijo Angel aliviada–. Tengo que pedirte un gran favor.

Anna escuchó la propuesta mientras Cesare y su compañera entraban en el teatro y escapaban de los medios de comunicación. Descubrió que la propuesta consistía en tomar un avión y alejarse de Cesare, así que aceptó encantada. Angel lo tenía todo organizado hasta el último detalle.

Anna estaba tan feliz que ni siquiera se le ocurrió preguntar por qué Angel había cambiado de planes.

—Tendrás los billetes en el aeropuerto. Y no le des nada muy pesado de comer a Jas puesto que no es la mejor viajera del mundo. Te recogeré en el aeropuerto para llevarte al hotel. He reservado una semana en uno de los *bungalows* del jardín.

—Un detalle por tu parte, pero no podré quedarme, así que solo llegaré hasta el aeropuerto. Te entregaré a Jas y después regresaré directamente al Reino Unido. Tengo una entrevista el jueves —había pensado en decírselo a Cesare, confiando en que él le pidiera que no se marchara. O al menos que permanecieran en contacto. ¿Cómo había permitido que pasara eso? ¿Cómo había podido ser tan estúpida?

—Oh, no, ¿por qué no me lo has dicho? Olvida que te lo he preguntado. Buscaré otra solución. Esperaba no tener que involucrar a Cesare, pero no pasa nada. Cuéntame lo del trabajo.

—El colegio tiene muy buena reputación —dijo Anna, tratando de fingir el entusiasmo que sabía que debía sentir—. Pero no hay motivo por el que no pueda llevarte a Jas. Quiero ayudarte, en serio.

—No puedes volar hasta aquí y luego tomar otro vuelo de vuelta. Claro que no —protestó Angel—. No puedo pedirte que hagas eso.

—No me lo estás pidiendo. Me estoy ofreciendo.

—Estaría bien mantener a Cesare al margen hasta

que esté solucionado –admitió Angel–. Por supuesto, se lo contaré cuando Jas esté aquí.

–Claro –dijo Anna, aunque no tenía nada claro.

–Es que Cesare puede ser un poco sobreprotector.

«Conmigo no», pensó Anna con amargura.

–¿De veras no te importa?

–Para nada.

–Eres un encanto –dijo Angel–. Y ni siquiera me has preguntado por qué quiero que traigas a Jas. Te iba a pedir que no me lo preguntaras, pero no es un secreto, o dejará de serlo pronto. La cosa es que quiero que Jas conozca a su padre.

–¡Vaya!

Se oyó una risa nerviosa a otro lado de la línea.

–Eso digo yo, ¡vaya! Pero no le digas nada a Jas.

–Por supuesto que no.

–Ni a Cesare.

–No te preocupes.

Después de recorrer el castillo y los terrenos de alrededor, Cesare estaba de muy malhumor. Se había marchado de la gran fiesta, había abandonado a su bella compañera y probablemente había ofendido a uno de sus mejores amigos durante el proceso. Incluso dudaba que todavía quisiera que fuera el padrino de su boda, que se celebraría en verano. Después, había conducido desde Londres.

Cesare miró al ama de llaves con incredulidad.

–¿Qué quieres decir con que se ha ido? ¿A dónde?

–Al aeropuerto con Ja...

–¡Al aeropuerto! –Cesare comenzó a pasear de un lado a otro como si fuera un gato enjaulado. Se detuvo frente a la mujer y la fulminó con la mirada–. ¿Has dejado que se marcharan al aeropuerto?

–No era mi trabajo detenerla.

Él se detuvo y pensó: «No, era el mío».

Y, si hubiese estado dispuesto a decirle lo que ella había querido oír, lo que él no quería admitir, habría estado allí para evitar que se marchara.

Lo único que ella le había dicho era «Te echo mucho de menos cuando no estás». Y él había estado a punto de tener un ataque de pánico.

Aquello era el resultado de su incapacidad para aceptar que, en pocas semanas, ella había pasado a formar parte de su vida. Mientras buscaba a Anna, su casa, el lugar con el que sentía verdadera conexión y por el que habría hecho cualquier cosa para preservarlo, no le parecía más que una serie de cuartos vacíos.

Pero su ausencia no solo afectaba a la casa. Él se sentía vacío sin ella.

Pero conseguiría que regresara.

La había echado con su discurso de que su relación era puramente sexual. Ella se había entregado al cien por cien, y él le había dicho que solo era sexo. Sabía que su frialdad la estaba matando y la había rematado ofendiéndola con el brazalete de diamantes. Al recordar que había reaccionado tirándoselo a la cara, esbozó una pequeña sonrisa.

Anna era la persona menos avariciosa que había conocido nunca. Eso le encantaba. ¿De veras había pensado que ella no iba a tirárselo a la cara? ¿Sería que inconscientemente había intentado que ella lo rechazara?

Había tratado de poner una barrera entre ambos desde el primer momento en que se conocieron, ¿y por qué? Porque sabía que ella era diferente, que no podría echarla de su cama a mitad de noche, y que tampoco podría separarse de ella. Anna lo hacía sentir todo lo que él nunca había querido sentir, aquello que creía que lo convertiría en un hombre débil.

–¿Y a dónde volaban? –le preguntó al ama de llaves.

–La señorita Angel lo organizó todo. Creo que las recibirá en el aeropuerto.

–¿Angel? ¡Si a Anna ni siquiera le gusta tomar el sol! –gritó, imaginándola tumbada en una playa tropical mientras la molestaban los hombres del lugar, fascinados por su tez blanquecina.

Cerró los ojos y blasfemó. Cuando los abrió, recibió la mirada de desaprobación que le dedicaba la señora que lo conocía desde que era un niño.

–Estoy segura de que la señora Henderson se pondrá crema con protección solar. Es muy inteligente.

Cesare ya estaba marcando un número en su teléfono móvil.

Anna sintió un nudo en la garganta cuando Jas se despidió de ella con la mano, mientras la miraba con la cara apoyada en el cristal del Jeep que conducía su madre. Permaneció allí hasta que el vehículo desapareció, y pestañeando para tratar de contener las lágrimas regresó a la terminal con aire acondicionado.

El calor del exterior era intenso. Jas había revivido nada más desembarcar. Había pasado de parecer un fantasma a gozar de un aspecto saludable.

Anna la envidiaba por su capacidad para recuperarse. ¡Ella se sentía como si tuviera cien años! Cuando Angel le dijo que Jas no era buena viajera, Anna se había sentido capaz de enfrentarse a una niña mareada y asustada. ¡Cómo se había equivocado!

Le había partido el corazón ver a la niña tan nerviosa y el viaje había resultado una pesadilla.

Además, al poco rato de estar en el sol se sentía como una flor marchita. Quizá con el tiempo pudiera aclimatarse a ese entorno, pero Anna sabía que nunca tendría un brillo dorado como el de Angel.

A ella le gustaba vivir en un lugar en el que pudiera disfrutar de todo tipo de clima en tan solo veinticuatro horas. Al pensar en ello, dejó de sonreír. No regresaría a Escocia. Su billete de vuelta era para una capital con un clima mucho más estable.

Abstraída, pensó en su casa. Había pasado mucho tiempo acondicionando su apartamento y decorándolo con objetos reciclados personalizados a su gusto. Regresar a casa debería haber sido algo positivo, pero no era así. Amar a Cesare había hecho que cambiara todo. Ya no se sentía centrada estando en su casa, sino junto a una persona... La persona equivocada.

¿Volvería a sentirse en casa en otro lugar? Aunque tuviera que sentir aquella presión en el pecho durante el resto de su vida, nunca se arrepentiría de haber amado a Cesare.

Una vez dentro de la terminal se dirigió a las tiendas de *duty-free*. Tenía que esperar tres horas hasta que saliera su vuelo y no quería tomar más café. Vio que en una tienda vendían ropa para bebé hecha a mano con diseños étnicos muy coloridos. Como sabía que era algo que podía gustarle a Rosie, pasó media hora eligiendo uno de los pijamitas.

Después de pagar, salió por la puerta y se chocó con un hombre alto que pasaba por allí. Si él no la hubiese sujetado, se habría caído.

–Lo... Lo siento –tartamudeó ella, a pesar de que sabía que no había sido su culpa.

–Va a hacer falta algo más que un «lo siento».

El comentario hizo que su coraza se partiera en mil pedazos.

–Cesare, ¿qué estás...?

–Tenemos que hablar.

Anna tenía la sensación de que estaba furioso, pero luego se percató de que no era así. Lo que le pasaba era que una mezcla de emociones lo invadía por dentro, provocando que estuviera muy tenso. Como si fuera una adicta delante de su droga preferida, ella no podía dejar de temblar, ni de mirarlo.

Se aclaró la garganta.

–Ella no está aquí. Angel ya se la ha llevado.

Él frunció el ceño.

–¿Jas está aquí?

–Creía que... No lo comprendo. Estabas en Londres, te vi por la televisión. La princesa es muy guapa –se mordió el labio inferior.

–Olivia, una mujer bonita pero muy aburrida. Lo único que hizo fue hablarme sobre Rafe.

–¿Quién es Rafe?

–El hombre con el que va a casarse –la miró y sonrió–. Estabas celosa –parecía disfrutar con el descubrimiento.

–Lo superaré –le prometió.

Él dejó de sonreír.

–Pues yo no. Si te viera con otro hombre, yo...

Sus palabras provocaron en Anna sentimientos encontrados. Él era el que la había echado y, sin embargo, lo que le decía en esos momentos hacía que ella tuviera que contenerse para no explicarle que no había ningún otro hombre en su vida y que nunca lo habría.

–¿Y qué esperas que haga? –preguntó ella–. ¿Que pronuncie un voto de celibato porque, aunque no me quieres, tampoco quieres que me posea otro hombre?

–Sí te quiero –dijo él–. Te necesito, Anna.

Su expresión de desesperación parecía sincera, pero ella no podía exponerse a que le hiciera daño otra vez.

–No querías que estuviera allí cuando regresaras –se quejó, incapaz de contener las lágrimas más tiempo. Se había llevado una terrible sorpresa. Siempre había sabido que él terminaría cansándose de ella, pero no esperaba que la rechazara de ese modo y por eso se quedó tan afectada.

–No puedes imaginar la de veces que he estado a punto de dar la vuelta con el coche para regresar, pero era demasiado cobarde como para admitir lo que sentía.

–¿Y por qué estás aquí, Cesare?

Él soltó una carcajada.

–¿Por qué diablos crees que estoy aquí? Cuando regresé a Killaran, descubrí que te habías marchado. He venido a buscarte.

Consciente de que su interpretación estaba tintada por la nostalgia, Anna intentó no reaccionar ante su comentario. Eso no significaba que fuera capaz de controlar el fuerte calor que cubría su piel, ni el revoloteo que sentía en el estómago.

El hombre la había ido a buscar. Eso tenía que significar algo, ¿verdad?

Cesare apretó los dientes con frustración al ver que sus palabras no tenían efecto sobre ella. Se negaba a creer a la vocecita que oía en su cabeza y que le decía que lo había estropeado todo, así que, agarró a Anna por la muñeca y tiró de ella para estrecharla contra su pecho.

–Ven a casa conmigo.

–Este no es el camino a casa –dijo ella tratando

de mantener su paso mientras él la sacaba de la terminal a través de las puertas de cristal.

—Es el camino hasta el jet de la empresa. ¿Cómo crees que he llegado hasta aquí, *cara*? —preguntó él al ver su cara de asombro—. No podemos tener una conversación en esa pecera de cristal.

Anna entornó los ojos y se frotó la piel de la zona donde él la había agarrado. Al verla, él puso una mueca de dolor.

—Te he hecho daño —le levantó la mano y la besó en la muñeca.

Anna retiró la mano, pero no antes de que el roce de sus labios provocara que se estremeciera.

—Estabas discutiendo. A veces se me olvida lo delicada que eres.

Esta vez, ella lo siguió por voluntad propia, acelerando el paso para mantenerse a su lado mientras él se dirigía hacia la sombra de una palmera.

—He venido para llevarte a casa y no pienso marcharme sin ti. Si para que eso ocurra tengo que arrastrarme, lo haré.

La solemne declaración provocó que los ojos se le llenaran de lágrimas.

—No quiero que te arrastres por el suelo, Cesare. Solo quiero que... —negó con la cabeza, consciente de que quería algo imposible. Cesare había descubierto que todavía deseaba tenerla en su cama y, aunque en algún momento se habría conformado con eso, ya no le parecía suficiente. Merecía algo más.

–¿Te quiera? –dijo él cuando ella se calló.

Anna asintió y lo miró entre lágrimas.

–Creía que me conformaría con las relaciones sexuales, pero no es así. Quiero más.

–Yo también –suspiró él, sintiéndose aliviado y sorprendido a la vez. Era fácil decirlo. ¿Qué había provocado que dijera algo tan importante?

Anna se quedó boquiabierta hasta que él le empujó la barbilla hacia arriba con el dedo pulgar.

–El pasado deja huella en todos nosotros –arqueó una ceja, invitándola a que respondiera.

Anna asintió.

–Yo siempre he tenido una visión diferente de las relaciones –dijo él–. El matrimonio de mis padres fue desastroso. Yo odiaba a mi padre por amar a mi madre incluso después de que ella lo abandonara. El amor terminó con él y para mí el amor implicaba debilidad, y mi madre... –se encogió de hombros y soltó una carcajada–. ¿Qué se puede decir de ella excepto que no es oro todo lo que reluce? Creo que le falta algo. ¿Sabes a lo que me refiero? –la miró.

–Eso creo –Anna estiró la mano para acariciarle el brazo, medio esperando que él lo retirara. Al ver que él sonreía, sintió un nudo en la garganta.

–Ella siempre decepciona. Carece de conciencia y de un sentido básico de la moralidad. Combinado con su encanto y su concepto hedonístico y egoísta de la vida, va dejando una estela de desastres a su paso.

–Creo que puedes permitirte algunos problemas de confianza.

Cesare soltó una carcajada.

—Confío en ti plenamente, Anna.

Anna se quedó muy quieta.

—La pregunta es: ¿tú confías en mí?

Anna miró la mano que él le tendía y, sin dudarlo, colocó la suya encima.

Cesare sonrió y metió la mano libre en el bolsillo. Anna vio la cajita de terciopelo rojo y negó con la cabeza.

—No quiero el brazalete.

—Esto no es un brazalete.

Era un anillo, un círculo precioso de diamantes que rodeaba a un fabuloso zafiro. Anna lo miró asombrada.

—¿Esto es lo que creo que es?

—Si crees que pasar nuestra vida juntos es un compromiso, entonces sí, tienes razón —le sujetó la mano y le colocó el anillo en el dedo—. Anna, cásate conmigo. Soy un idiota, pero te quiero.

Anna se quedó helada durante un instante antes de mirar al hombre que estaba su lado.

—Mi querido idiota. Sí, por favor.

Él la tomó en brazos sin avisar.

—Menos mal. Durante un momento pensé que lo había estropeado todo...

Epílogo

MIENTRAS el sol se ocultaba por el horizonte, Anna levantó la vista hacia las velas que se hinchaban sobre su cabeza con el fuerte viento que se había levantado después de cenar.

–Esto es perfecto –suspiró ella, apoyándose en el cuerpo de su marido.

Él la abrazó y ella frotó la mejilla contra el músculo de su brazo

–¿Cómo lo sabías? –Anna no recordaba haberle contado su fascinación por los veleros.

Siempre había soñado que algún día haría un crucero en uno de esos barcos elegantes, pero nunca había imaginado que poseería uno.

El *Teacher's Pet*, un velero de tres mástiles y con una tripulación al completo, había sido su maravilloso regalo de boda. Cesare decía que había sido una oferta de «dos por uno», un regalo de boda y la luna de miel al mismo tiempo. No habían tenido tiempo para irse de luna de miel después de la boda, solo habían pasado un fin de semana en París durante el que llovió todos los días. Claro que a los recién casados no les importó. Cesare le prometió que, puesto que era una ciudad que conocía bien, una día le mostraría París, ¡y no solo el interior de la habitación de hotel!

Había regresado a Killaran un domingo y el lunes por la mañana Anna había empezado en su nuevo trabajo. Era la directora de la escuela de primaria de Killaran.

Cesare le ofreció el puesto, de parte del consejo escolar, cuando la mujer a la que le habían dado el trabajo en un principio lo había rechazado en el último momento. Él estaba preocupado por su reacción, y le aseguró que él no había presionado a nadie.

Anna no había podido evitar provocarlo una pizca pero enseguida lo tranquilizó diciéndole que no le importaba haber conseguido el trabajo por que aquella mujer lo hubiera rechazado. Por supuesto, bromeó diciéndole que estaba un poco decepcionada al descubrir que tenía que trabajar aunque estuviera casada con un hombre rico.

Su broma provocó que Cesare le ofreciera una retribución, y aunque consistiera en terminar en la cama con él, Anna estaba encantada. Cesare había apoyado su decisión en todo momento y, a menudo, alardeaba de su inteligente esposa.

—No te muevas —dijo Cesare, abrazándola con fuerza mientras el barco escoraba una pizca y provocaba que se resbalara en la cubierta de madera.

Anna se había vestido para la cena y llevaba un par de zapatos de tacón y un vestido de seda que había elegido para aquella ocasión tan especial. Cesare no sabía todavía lo especial que era. Ella sintió un nudo en el estómago al preguntarse cuál sería su reacción.

–¿Creía que eras la mujer que soñaba con vivir sobre las olas del océano? –bromeó él, contento de tener una excusa para abrazarla–. Ni siquiera te han salido las piernas de sirena.

Anna se volvió entre sus brazos para mirarlo.

–¡Las tengo! –protestó indignada.

–No es bueno fingir. He oído que esta mañana has vomitado y que ayer... –se detuvo para sujetarle el rostro y mirarla fijamente a los ojos. Lo que vio allí lo hizo palidecer–. No estabas mareada, ¿verdad?

Ella negó con la cabeza y miró a otro lado. De pronto, tenía miedo de mirarlo a los ojos y de lo que en ellos pudiera ver. Antes de casarse habían hablado de formar una familia y ambos estaban de acuerdo en que algún día lo harían.

¿Cómo reaccionaría él ante la noticia de un embarazo no planeado? Anna no esperaba que él se alegrara tanto como ella con la noticia, pero no creía que pudiera soportarlo si él odiaba la idea.

–¿Llevas a nuestro bebé en el vientre?

Anna nunca había oído ese tono en su voz, pero no era de rabia ni de decepción.

–¿Cuándo...? ¿Cómo te encuentras? ¿Qué ha dicho el médico?

No paró de hacerle preguntas hasta que ella le cubrió los labios con un dedo, riéndose.

–Basta. Lo he descubierto yo misma.

–¿No te ha visto un médico?

Ella negó con la cabeza y contestó:

–Pensé que estaría bien que fuéramos los dos juntos la primera vez.

–Por supuesto, pero no la primera vez. ¡Cada vez! Estaré a tu lado durante todo el camino –le prometió, tratando de no pensar en el momento del parto–. Ven, siéntate –le dijo, rodeándola por los hombros–. No deberías estar de pie, y quítate esos zapatos de tacón. Son mortales y si te caes...

–¿Estás contento?

Él la miró con incredulidad, la acompañó hasta una silla y se acuclilló a su lado.

–¿Estás bromeando? ¡Un bebé! Es increíble.

–¿Aunque no estuviera planeado?

– La vida no está planeada, *cara*. La vida es amor y esperanza, y ahora bebés. Les haría dar la vuelta a esta cosa endemoniada si pudiera pasar algo mientras estuviésemos en medio del océano.

–No va a pasar nada malo, Cesare –lo tranquilizó, agarrándolo de las manos. Ella era capaz de hablar con total seguridad mientras añadía en voz baja–: No mientras te tenga a ti.

–Siempre me tendrás, *cara*, para lo bueno y para lo malo. Te quiero con todo mi corazón... y mi alma... No, tú eres mi alma. Eso es lo que creo.

Anna sonrió con sinceridad mientras miraba al hombre al que amaba.

–Eso ya lo dijiste en una ocasión, delante de testigos. Entonces te creí y siempre te creeré –dijo ella sin más.

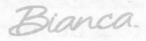

Él no conocía el oscuro secreto que ella ocultaba
y que demostraría que no era en absoluto como él pensaba...

El millonario australiano Ethan Carvelle había echado a Mia Stewart de su vida hacía ya ocho años. Pero ahora acababan de volver a encontrarse y Mia estaba embarazada... Y afirmaba que el difunto hermano de Ethan era el padre. Sin embargo Ethan sospechaba que Mia estaba demostrando por fin lo que realmente quería... la fortuna de los Carvelle.

Pero tenía que pensar en el bebé así que, dividido entre el deseo y la obligación, Ethan decidió convertirla en su amante... y no casarse nunca con ella.

Entre el deseo y la
obligación

Carol Marinelli